O ANO EM QUE ZUMBI TOMOU O RIO

O ANO EM QUE ZUMBI TOMOU O RIO

(romance)

José Eduardo Agualusa

GRYPHUS

Rio de Janeiro

© *Copyright*
José Eduardo Agualusa
"by arrangement with Literarische Agentur Mertin Inh. Nicole Witt e. K., Frankfurt am Main, Germany"

Editoração Eletrônica
Rejane Megale Figueiredo

Revisão
Maria Helena da Silva
Maria Clara Jeronimo
Vera Villar

Capa
Victor Hugo Cecatto

1ª Edição – 2002
2ª Edição – 2009
3ª Edição – 2012

CIP-Brasil. Catalogação-na-fonte.
Sindicato Nacional dos Editores de Livros, RJ.
....
A224a
3.ed.

    Agualusa, José Eduardo, 1960-
      O ano em que Zumbi tomou o Rio: (romance) / José Eduardo Agualusa. - 3.ed. - Rio de Janeiro: Gryphus, 2012 -(Coleção Identidades)

    ISBN 978-85-60610-85-3

    1. Romance angolano. I. Título. II.Série.

09-6535.   CDD 869.8996733
                                           CDU 821.134.3(673)-3
....

GRYPHUS EDITORA
Rua Major Rubens Vaz, 456 – Gávea – 22470-070
Rio de Janeiro, RJ – Tel:(0xx21)2533-2508
www.gryphus.com.br – e-mail: gryphus@gryphus.com.br

Para Jorge Amado, Rubem Fonseca, João Ubaldo Ribeiro e Cacá Diegues. Ainda para Chico Buarque, Gilberto Gil e Caetano Veloso, porque foi com eles que descobri o Brasil.

Para os cariocas.

"O aumento da tensão racial é inevitável à medida que a consciência racial avançar no país, pois a relação entre negros e brancos é uma relação violenta, historicamente de expropriação, de desumanização, e isso é profundamente brutal. Se os negros ainda não conseguiram se organizar o suficiente para dar uma resposta política para isso, precisam continuar caminhando nesse sentido. Nenhum povo foi oprimido indefinidamente. Entendo o seguinte: há segmentos organizados de negros no país buscando equacionar o problema racial numa perspectiva pacifista, mas, se essa sociedade não responde, não há como impedir que outras formas de luta sejam desencadeadas. É uma questão de legítima defesa. Não sabemos como as próximas gerações vão responder a tamanha exclusão."

- *Sueli Carneiro* -

A guerra me parece inevitável (...) / se a população se revoltar não grite por socorro / (...) quando o sangue bater em sua porta espero que você entenda / e descubra que ser preto e pobre é foda. / Se uma guerra amanhã estalar / sei de que lado eu vou estar.

- *MV Bill* -

O fim, como se fosse o princípio

Rio de Janeiro, Morro da Barriga, vinte de novembro, quatro horas da tarde

Helicópteros rodopiam no céu, ao longe, agitando as águas mortas da lagoa. Francisco Palmares espreita-os através das lentes do binóculo. Conta-os: quatro... seis... nove. Vê-os acometerem contra o Morro da Barriga, ali mesmo, onde os últimos revoltosos buscaram refúgio. Àquela velocidade estarão sobre eles, a cuspir fogo, em poucos segundos. Ao redor dos aparelhos levanta-se um desesperado alvoroço de asas. Bandos de biguás, garças, patos, lançam-se enlouquecidos contra as hélices, e o sangue espirra e alastra, soprado pelo vento forte, até se derramar numa chuva de fim de mundo sobre o asfalto quente. No mar, no estreito pedaço de oceano que dali se avista, avança a pesada sombra de um navio de guerra. Então, um uivo luminoso risca o azul puríssimo da tarde numa curva elegante, e atinge o primeiro helicóptero. A explosão torce o céu, estende-o, contrai-o, sorve violentamente todo o ar, arrastando as duas aeronaves que seguem atrás. Um dos aparelhos consegue recuperar o equilíbrio. O outro, porém, mergulha às cambalhotas de encontro aos prédios aguçados, lá muito em baixo, e desfaz-se — desfaz tudo ao seu redor — num grande e prolongado ribombar de chamas.

— Deus! Então era verdade. Vocês têm mísseis...

Francisco reconhece a voz. Volta-se e vê Jorge Velho, a camisa branca coberta de sangue, uma AK-47 a tiracolo. Saúda-o:

– Bem-vindo ao lado errado da guerra, doutor.
O outro sorri com tristeza:
– Não é o lado errado, coronel. É simplesmente o lado que vai perder.

Morte e ressurreição de Euclides Matoso da Câmara

Rio de Janeiro, Feira de São Cristóvão, dezoito horas e quinze minutos

(um morto feliz)

Vira-o muitos anos antes, deitado de costas num caixão de criança, as pequenas mãos cruzadas sobre o peito. Pareceu-lhe um morto feliz. Agora vê-o de novo, com o mesmo ar de festa com que foi a enterrar, o mesmo laço de seda cor de açafrão, o mesmo fato leve e elegante em linho puro. A diferença? Está vivo. Não pode ser e no entanto está vivo. O coronel Francisco Palmares apoia-se a uma mesa. Treme. Ele próprio fizera questão de o velar. Chorara lágrimas autênticas sobre o seu caixão. Acompanhara-o a pé, segurando uma das alças da urna, até ao Cemitério do Alto das Cruzes. Só não o acha em tudo idêntico ao homenzinho que viu morto, que viu ser enterrado, porque entretanto o tempo passou e Euclides Matoso da Câmara envelheceu. O bigode, farto e curvo, está grisalho. A testa cresceu um pouco. O coronel procura um lugar onde se possa ocultar. Não quer que Euclides o descubra. O que é que se diz a um defunto, a um antigo defunto, pior ainda, a um tipo que, de certa forma, foi morto por nós? Esconde-se atrás de uma barraca de doces. Dali consegue espreitar o outro. O que é que lhe dirá?

— Deixa-me apertar esses ossos!...

Macabro. O melhor será convidá-lo para beber uma cerveja. Recordarão a última vez que conversaram. Francisco Palmares não esqueceu esse encontro. É capaz de reproduzir o que então disseram quase palavra por palavra. Euclides não quis aceitar os seus conselhos. Oferecera-lhe uma bela garoupa (singelo pretexto para iludir os miúdos do Ministério) e um bilhete de avião para Lisboa. Euclides recebeu-o com a afável descontração de sempre, embrulhado num roupãozinho de seda:

— Uma oferta do Cunha —, comentou, — mandou-o fazer em Cingapura.

E até disso o coronel se lembra. Ele nunca se esquece de nada. O roupão era vermelho ("incandescente", definira o jornalista, que gostava de rir da própria figura) e trazia o desenho de um dragão cuspindo fogo. O jornalista fê-lo entrar, tomaram uma caipirinha, conversaram sobre dragões. Euclides defendeu que o mito dos dragões era um fenômeno universal, ligado à passagem dos dinossauros pela terra:

— Os mitos não são outra coisa senão a memória degenerada, corrompida pelo passar dos séculos, de acontecimentos muito antigos.

Passaram dos dragões aos vampiros:

— A lenda dos vampiros —, dissera Euclides, — talvez tenha surgido na sequência de uma epidemia de raiva. Os doentes com raiva sofrem de fotofobia, evitam a luz, escondem-se na sombra. Além disso atacam de repente, mordem, e dessa forma transmitem o mal.

E dos vampiros transitaram, como se ensaiassem uma peça, para o tema da reencarnação:

— Se pudesses viver de novo —, perguntou-lhe Francisco Palmares, — o que é que gostarias de ser?

O jornalista afagou o farto bigode. Um bigode antigo, de fidalgo do século XIX, espesso e levemente retorcido, como um guiador de bicicleta. Sorriu:
"Eu queria ser simples como as rãs nos charcos."
Era um verso de Lídia do Carmo Ferreira. O coronel lera-o há dois ou três dias no *Jornal de Angola*:

"Eu queria ser simples como as rãs nos charcos
ver de longe partirem os barcos
numa manhã qualquer.
Meu Deus, deixa-me repousar um pouco.
Quero inexistir-me sem sobressalto,
diluir-me no ar líquido que a manhã destila.
Meu Deus, deixa-me ser a brisa que agita
neste instante as folhas das palmeiras,
a brisa que houve
e já não há."

Podia ser uma oração. Mais tarde, no cemitério, depois que o caixão desceu à terra, Cunha de Menezes confidenciou-lhe, chorando como uma criança, que haviam sido aquelas as últimas palavras do amigo. Ele encontrara-o na rua, a alguns metros de casa, gravemente ferido. Morrera nos seus braços. Francisco Palmares saiu dali aliviado. Sentiu-se como se lhe tivessem arrancado um dente a sangue frio. Monte esperava-o dentro do jipe.
– Demoraste muito –, disse. – Correu tudo bem?
O coronel ignorou a pergunta. Finalmente falou, mas o que disse não parecia ser uma resposta:
– Por que temer a morte? A morte é apenas uma bela aventura.

Monte sorriu:
— Peter Pan!
— Peter Pan?! Não, não, eu estava a pensar num tipo chamado Charles Frohman. Ele ia no Lusitânia, um navio de passageiros, inglês, afundado por um submarino alemão na primeira guerra mundial. Morreram mil e duzentas pessoas. Frohman, um famoso produtor de espetáculos, tentou encorajar um grupo de passageiros gritando essa frase. Acredita-se que foram as suas últimas palavras.

Monte encolheu os ombros:
— Peter Pan, tenho a certeza, também disse isso.

Fazia calor, demasiado calor, e o ar pesava, carregado com um cheiro doce de carne queimada. Era cheiro de carne humana a ser queimada. Passaram por um grupo de jovens, com fitas vermelhas presas à cabeça, segurando metralhadoras. Os jovens dançavam ao redor de uma fogueira. Um deles fez sinal ao jipe para parar. Monte travou junto à fogueira e só nessa altura o rapaz reconheceu aquele homem magro, triste, que mesmo não sendo militar, não exibindo nunca documentos ou galões, tinha acesso a todos os gabinetes. No Ministério chamavam-lhe, num murmúrio, o Grande Inquisidor. Perfilou-se, assustado:

— Saudações, nosso chefe! — Gritou. — Estamos a queimar os bandidos.

Francisco Palmares lembrou-se de uma imagem que vira anos atrás numa capela, no norte de Portugal, representando um grupo de pecadores a arder no fogo do inferno. Uns erguiam o rosto, outros baixavam o olhar, mas todos eles pareciam indiferentes ao horror. As chamas mordiam-lhes a carne? Dir-se-ia antes que os haviam exposto à fresca brisa da tarde. Sentia-se, talvez, uma tristeza conformada naqueles rostos. Nenhum, porém, exprimia medo, e muito menos sofrimento. Os bandidos mostravam expressão idêntica. Estavam mortos, é claro, ao contrário dos pecadores, estavam realmente mortos. Por vezes, as chamas deixavam ver uns olhos abertos, umas mãos torcidas, mas logo depois erguiam-se num fulgor feroz e ficava-se com a impressão de que eles já se tinham ido embora.

– Podem virar-me. Estou bem assado deste lado.

Outra frase célebre. A última, segundo a lenda, pronunciada por são Lourenço, enquanto tostava numa fogueira, por ordem do imperador Valeriano. O imperador, inimigo dos cristãos, intimara o santo a entregar os tesouros da igreja. São Lourenço respondeu que precisava de algum tempo para os reunir a todos. Decorridos oito dias apareceu ao imperador trazendo atrás um grupo de mendigos:

– São estes os tesouros da minha igreja.

Uma bela história. Francisco ouviu-a pela primeira vez de sua avó, senhora de panos, devota de são Lourenço. Lembrou-se daquilo e sacudiu o ar com a mão direita, incomodado, como se assim conseguisse afastar, de uma só vez, a pestilência, o calor, o medo, o fantasma da velha Violeta Rosa. Monte olhou o relógio:

– Quando acordarem lá no inferno nem vão sentir a diferença.

A observação irritou o coronel. Pegou um rolo de notas e atirou-o aos jovens:

– Não sei como aguentam o calor. Comprem umas cervejas.

Nesse momento reparou num monte de corpos ao lado da fogueira. Um dos jovens estava a regá-los com gasolina.

— Aquele tipo ali não é o general Catiavala?

Monte seguiu-lhe o gesto com o olhar:

— É verdade! O próprio, o bandido! Dizem que comprou aos iraquianos um veneno poderoso e que pretendia introduzi-lo na rede de água canalizada para assassinar toda a população de Luanda.

Francisco Palmares irritou-se:

— Tretas! Eu sei, toda a gente sabe, que foste tu próprio quem inventou esse disparate.

Abriu a porta e saltou do carro:

— Aquele homem está vivo! — Gritou. — Não estão a ver que o homem está vivo?!

O rapaz que regara os corpos com gasolina sorriu. Francisco viu-lhe os dentes belíssimos:

— Lhe matamos mal, nosso chefe, mas o fogo vai acabar o serviço...

O coronel atirou-lhe um violento pontapé, arrancou o general do monte de cadáveres, pegou nele ao colo e trouxe-o para o carro.

—Vamos deixá-lo no Hospital Militar —, ordenou, — e depois seguimos para o Ministério.

Monte encolheu os ombros. Sabia que com Francisco não valia a pena discutir. Passaram pelo hospital, deixaram o general na sala de emergência, e seguiram para o edifício do Ministério. O coronel despediu-se com um aceno de cabeça e foi direto ao seu gabinete. Queria ser ele a dar a notícia ao velho. Ligou um número secreto mas a chamada foi parar no Ministério das Pescas. Ligou outra vez e atendeu um tipo aos urros, em lingala, enquanto por detrás dele Papa Wemba cantava "Maria Valência". Teve de discar mais cinco vezes. Finalmente, a secretária particular do Presidente atendeu o telefone. Francisco foi direto ao assunto:

— Fala o coronel Palmares. Diga ao camarada Presidente que Euclides Matoso da Câmara foi hoje enterrado. Eu próprio assisti ao funeral.

(o menor gigante do mundo)

Euclides mede um metro e treze, o tamanho, pouco mais ou menos, de uma criança de quatro anos.

— Este homem —, costumava dizer Cunha de Menezes, — é um gigante.

Não estava a brincar. Sempre que dizia aquilo, a voz dele brilhava de orgulho. Esta tarde, ao ver o jornalista a passear a sua bem-aventurança pela feira, Francisco Palmares compreende o que o indiano queria dizer: o anão caminha com a insolente segurança de um colosso. As pessoas observam-no com estranheza. Algumas murmuram entre si, apontam-no com o olhar depois que ele passa, mas não se riem. Pouca gente se atreve a rir de Euclides Matoso da Câmara.

O coronel apalpa o saco de couro onde guarda a pistola enquanto segue o seu morto a uma distância prudente através do tumultuoso labirinto de barracas. Euclides passa sorrindo pela seção das carnes. Felizmente não para. O denso fedor das carcaças faz com que Francisco Palmares se lembre outra vez de Luanda. Pagaria muito para que alguém lhe arrancasse do cérebro aquelas imagens, uma por uma, com uma pinça, como se arrancam espinhos. Algumas pessoas tomam medicamentos para melhorar a memória. Ele de boa vontade tomaria alguma coisa para a prejudicar.

Euclides já se esgueira, sorrindo sempre, cantarolando, por entre as barracas de bebidas, demasiado altas para que consiga ver o que quer que seja. Um velho, sentado no chão, de pernas cruzadas, vende peças de artesanato nordestino. Então, sim, o jornalista detém-se. Troca algumas palavras com o vendedor, escolhe uma girafa amarela, paga e segue em frente. Não existem girafas na América Latina. As girafas são africanas. Francisco Palmares pensa em interpelar o velho:

— Por que se produzem girafas no Nordeste do Brasil?

No mesmo instante, porém, lembra-se de um artesão, na Ilha de Luanda, que esculpia pinguins em pau preto. Um dia fizera-lhe a pergunta:

— Por que diabo está a esculpir pinguins? O pinguim não é um animal angolano. Alguma vez viu um pinguim vivo, à sua frente? Você devia fazer elefantes, girafas, hipopótamos, rinocerontes, isso sim.

O homem olhara-o com um largo sorriso de troça:

— Pinguim nunca vi, não, meu pai. Mas também nunca vi um elefante. Você já viu?

É a isto que se chama sabedoria popular.

Euclides galga uma cadeira, instala-se, bebe um suco. Francisco Palmares senta-se num dos cantos do bar, um recinto enorme, coberto por uma lona azul, chamado Barraca do Lampião, de forma a vigiar o jornalista sem que este consiga vê-lo. Atrás dele um vendedor de discos esforça-se por aumentar o volume da música, anulando assim a concorrência, poucos metros ao lado, e ainda a orquestra regional que se exibe num pequeno palco montado junto à

cozinha da Barraca carne de sol Lampião. O coronel pede uma cerveja e um prato de carne de sol. Vê passar um vendedor de algodão-doce; o homem, um negro muito negro e muito magro, traz o algodão em sacos de plástico presos à extremidade de uma comprida vara. Vagueia por entre as mesas ao sabor da brisa, mais leve do que o ar, como se os saquinhos de algodão, azul celeste e rosas pálidos, fossem balões cheios de gás. Um casal baila sozinho na pista de dança. Ela, feia e gorda, vestida de forma descuidada, bermuda amarela e colete preto; ele, com um chapéu de caubói, escuro e largo, tombado sobre os olhos. Um homenzinho com uma máquina do tipo *polaroid* a tiracolo aproxima-se da mesa,
– uma fotografia, moço?,
mas o coronel enxota-o enfastiado. A primeira vez que vira um fotógrafo ambulante fora em Lisboa, no Rossio, um tipo com uma grande caixa de madeira montada num tripé, tentando atrair clientes em meio à densa algazarra dos pombos. Isso impressionara-o muito. Ainda devia ter em algum lado aquela fotografia, ele, um garoto de onze anos, e o pai, de trinta e seis, ambos com uma expressão sombria, quase ameaçadora, em pé, no coração do império. Duas semanas mais tarde Feliciano Palmares saiu clandestinamente de Lisboa e juntou-se aos guerrilheiros de Agostinho Neto em Brazzaville. Só reencontrou a família depois que os militares portugueses derrubaram a ditadura. Volta a observar Euclides, de costas, alguns metros à frente; o jornalista tem um livro aberto no colo. Há agora muitos casais dançando na pista. A orquestra, composta por cinco músicos, ataca um forró. O entusiasmo do grupo é tal que quase consegue fazer esquecer a áspera gritaria dos alto-falantes. Um vento

forte insufla as lonas. Os casais ondulam na pista. Negros, pardos, caboclos, brancos. Francisco Palmares repara numa moça loira, de aspecto distinto, bonita, abraçada a um mulato de olhos puxados e soturnos, uma trunfa selvagem atirada sobre os ombros. A música cresce, num arrebatamento, ao mesmo tempo que a ventania em fúria faz ranger os ferros e estalar as lonas. A moça loira estremece nos braços do mulato, afunda os olhos verdes nos olhos fundos de Francisco Palmares, morde os lábios e sorri. Euclides, alheio a tudo, lê.

O que estará a ler?

(um extraordinário caso humano)

Poucas pessoas conheciam Euclides tão bem quanto Francisco Palmares. Começara a estudá-lo no final dos anos oitenta, por motivos profissionais, e rapidamente descobrira que o jornalista era um extraordinário caso humano. Palmares, como sabiam os seus raros amigos, colecionava casos humanos.

– Fazes-me lembrar o imperador romano Elagabalus, – disse-lhe certa vez o próprio Euclides.

Francisco nunca escutara tal nome:

– Quem foi esse?

– Elagabalus? Um déspota louco. Colecionava anões, eunucos e outros prodígios variados, toda a espécie de monstros e de doentes mentais. Eram em tão grande número que, para preservar os cofres públicos, o seu sucessor, Alexandre Severo, se viu forçado a dispersá-los, oferecendo-os aos nobres de Roma.

O coronel sentiu-se incomodado:

— Ninguém te acha um monstro...

Euclides muxoxou, encolheu os ombros:

— Ninguém? Quando era menino fui ao circo, com todos os meus colegas da Casa dos Rapazes e dois padres. Não me recordo de nada a não ser que a determinada altura chamaram ao palco o Homem Mais Alto do Mundo, por sinal um preto, de Moçambique, acompanhado pelo Homem Mais Pequeno do Mundo, um branco, português. O moçambicano, o gigante, trazia o anão debaixo do braço. Foi nesse momento que eu percebi que era um monstro.

Sorriu, divertido com o horror do outro:

— Sabias que as palavras monstro, montra e o verbo mostrar, têm todas a mesma origem? Os monstros exercem a sua monstruosidade mostrando-se, exibindo-se nas montras. Os monstros servem ao estimado público como termo de comparação. Minhas senhoras, cavalheiros, estimado público, é certo que vocês são feios, vejam aquele rapaz ali — feiíssimo! — São feios, sim, mas não são monstros...

— O tal moçambicano —, comentou Palmares enquanto tentava lembrar-se de alguma coisa para dizer, qualquer coisa capaz de alterar o rumo da conversa, — o gigante, acho que o tipo morreu. Li isso no jornal. O desgraçado tropeçou na rua e caiu. Caiu, digamos assim, do alto de si próprio. Foi uma queda de quase três metros, coitado, deve ter morrido logo.

Euclides ignorou o comentário:

— Neste tempo em que vivemos, os monstros começam a exibir-se na televisão. A televisão vai transformar-se no nosso pequeno monstruário. Nos Estados Unidos já existem programas inspirados nos circos do século XIX. Os apresentadores sobressaltam o público entrevistando gente com enfermidades bizarras, ou então malucos que desenvolveram estranhos talentos, como o homem capaz de abanar as orelhas ou o falso faquir que mastiga e engole cacos de vidro. Estes programas fazem enorme sucesso.

    O futuro, como em quase tudo, deu-lhe razão. Naquela época Euclides era funcionário da Televisão Popular de Angola. Muita gente o conhecia porque durante três anos apresentara um programa sobre música africana. Aparecia sentado, muito direito atrás de uma mesa coberta por pilhas de discos. Mais tarde foi convidado para trabalhar como correspondente de um jornal português e a direção da televisão, talvez para o humilhar, colocou-o para fazer reportagens. Palmares viu-o pela primeira vez, no aeroporto, a entrevistar um general cubano. Euclides, ao colo do técnico de som (Pedro Cunha de Menezes), o microfone estendido na direção do general, formulou duas ou três perguntas inofensivas – as perguntas que se podiam fazer –, e de repente atacou:

    – Acredita que Fidel Castro conseguirá sobreviver à queda do muro de Berlim?

    O cubano olhou para ele, perplexo. Houve ao redor um murmúrio de desaprovação e um jornalista da Rádio Nacional aproveitou para lançar outra pergunta. Palmares quis saber quem era o atrevido.

    – Euclides Matoso da Câmara –, disse-lhe um dos agentes. – É correspondente de um jornal português, e, pelo visto, julga que está em Lisboa.

(uma descida aos infernos)

Nessa mesma tarde Francisco Palmares foi à procura de informações sobre Euclides. Há muito tempo que ninguém descia às caves do Ministério. O coronel atravessou com dificuldade uma série de salas alagadas. Seguindo o débil lume da sua lanterna de bolso avançou, com a água pelos calcanhares, tentando adivinhar nas estantes de ferro o título dos processos. Ratos – enormes ratazanas cegas – nadavam entre os destroços. A água já lhe chegava aos joelhos quando encontrou o nome de Euclides numa velha pasta, entre papéis rasgados, com a indicação do ano: 1977. Respirou fundo:
– Um fracionista!
Parecia-lhe às vezes que metade da população de Luanda estivera ao lado de Nito Alves. A outra metade matara a primeira. Recuou, com a pasta bem presa debaixo do braço, em direção à superfície. Era difícil orientar-se ali. As estantes atravessavam-se diante dele, moviam-se à luz incerta da lanterna, pareciam multiplicar-se, num prodigioso labirinto. Umas encostavam-se às paredes, delirando de cansaço, outras estavam caídas, mortas, no chão enlameado.
– Meu Deus –, rezou o coronel, – faz com que esta lanterna não se apague.
Murmurou isto e a pequena luz estremeceu na sua mão, esmoreceu e apagou-se. O coronel lembrou-se do verso de uma canção:
"Caía a tarde feito um viaduto."
Sempre lhe ocorriam versos nas situações difíceis.

*"E um bêbado trajando luto
me lembrou Carlitos.
A lua, tal qual a dona de um bordel,
pedia a cada estrela fria
um brilho de aluguel."*

Tropeçou num amontoado de pastas soltas e sentou-se em cima delas. "O bêbado e o equilibrista." João Bosco cantando versos de Aldir Blanc. Não distinguia nada. Afundado na escuridão ouvia por toda a parte o guinchar feroz das ratazanas. Estavam ali, aos seus pés, acometendo os relatórios da polícia, devorando ansiosas as confissões dos torturados, prosperando e engordando com os segredos do Estado.

Um colega resgatou-o, duas horas depois, já o coronel refizera em pensamento toda a sua vida. Era uma espécie de jogo. Fantasiava: se aos vinte e dois anos não tivesse decidido regressar a Angola e alistar-se nas Forças Armadas, apenas para contrariar o pai, seria outra pessoa. Biólogo, talvez veterinário. Viveria ainda em Portugal. Daria aulas num liceu dos subúrbios, estaria casado com uma branca, dois filhos mulatos, iria ao futebol nas tardes de domingo. Se cinco anos depois, numa tarde melancólica, no Luena, o General Rufo não o tivesse convidado a subir para um helicóptero,

"Venha conosco, major. Trata-se de uma importante experiência científica: queremos saber se os galos voam",

não teria desertado. Continuaria no exército, não já no Comando de Combate ao Banditismo, mas num posto burocrático, em Luanda, e dormiria tranquilo. Poderia ter recusado a proposta para trabalhar no Ministério?

— Vamos esquecer que você desertou, major, você passa diretamente para os quadros do Ministério e mantém a patente.

Talvez. Provavelmente teria vivido alguns dias maus, eventualmente passado pela cadeia, levado pancada, mas agora ganharia muito dinheiro a serviço de uma empresa estrangeira. Dinheiro suficiente para comprar um barco. Passaria os domingos a pescar ao largo do Mussulo. Seria feliz. Suspirou. Refazer a vida em pensamento era uma espécie de jogo a que se entregava em momentos assim. Perdia sempre.

Na pasta havia duas folhas, escritas à máquina, com declarações recolhidas durante um interrogatório:

"P: Idade? R: Dezoito anos. P: Profissão? R: Estudante. P: Foste detido no apartamento do camarada Coelho. Há quanto tempo conhecias este camarada? R: Não o conhecia. Fui a casa dele buscar uma encomenda de Lisboa. P: Propaganda contrarrevolucionária? R: Não, camarada comissário, fui apenas buscar um bacalhau. P: Um bacalhau, foste buscar um bacalhau? R: Sim, camarada, um peixe seco, um bacalhau."

Reticências. O coronel sabia o que significavam as reticências num documento como aquele.

"P: Voltemos ao ponto onde tínhamos parado. O que estavas então a fazer no apartamento do camarada Coelho? R: Como disse antes, juro, fui apenas buscar um bacalhau."

Reticências. O tipo era duro.

"P: Vou perguntar outra vez o que é que fazias no apartamento do traidor Coelho e não quero ouvir falar em peixes, estás a ouvir? R: Sim, sim, camarada, com efeito fui lá buscar propaganda contrarrevolucionária."

O coronel suspirou. Havia ainda uma nota a dizer que Euclides permanecera preso, na Cadeia de São Paulo, até fevereiro de 1978, sem que tivesse sido demonstrada a sua ligação aos fracionistas.

Francisco Palmares lembrou-se do velho Monte, o Grande Inquisidor. No Ministério toda a gente o conhecia: ele trabalhara desde o princípio no processo dos fracionistas. Mais tarde havia sido preso, acusado de excesso de zelo, e depois de solto refugiara-se em Porto Alexandre. Criava lagostas. Palmares sabia que ele estava em Luanda, em visita à família, e que ao entardecer passava sempre pela Biker. Encontrou-o abandonado a uma mesa, consumindo-se naquela luz de veludo que ao crepúsculo, e apenas em certos lugares, como na velha cervejaria, desce e entristece as coisas – "esquecedouros" chamava-lhes a poetisa Lídia do Carmo Ferreira, porque as pessoas juntam-se nesses lugares, a essa hora, para esquecerem o horror do presente.

Monte levantou o copo quando ele se sentou mas não disse nada. Estava velho. Palmares pediu um uísque para si e outro para o antigo agente. Olhou-o com atenção. A cabeleira revolta, já esparsa, a dura barba de arame, as olheiras fundas, o rosto amarelo (quase verde). Aquele homem podia vestir um fato cortado à medida no melhor alfaiate de Lisboa que continuaria a parecer um mendigo. Deu-lhe uma pancada no ombro:

– Vocês os brancos, quero dizer, os brancos aqui da terra, estão muito estragados. Ou é a Revolução que vos faz mal, ou é o clima.

Monte encolheu os ombros:

– A Revolução acabou. Ainda não te disseram? Bom, pensando melhor, acho compreensível que ainda ninguém te tenha dito, os cornos costumam ser os últimos a saber, não é verdade?

Francisco fingiu que se ofendia:

— O que é isso, velho? Estás a chamar-me corno?

O outro largou uma gargalhada ácida.

(uma hiena a chorar)

— E não és? Nós, camarada, nós somos os cornos da Revolução!

O coronel não gostava que o tratassem por camarada. Nunca gostara. Percebeu que não devia ter falado em revolução. Acertara sem pensar — a Revolução era a doença dele. Decidiu ir direto ao assunto:

— Euclides Matoso da Câmara, este nome lembra-te alguma coisa?

Monte sorriu tristemente:

— Estou acabado, é verdade, mas a minha memória ainda é quase tão boa quanto a tua. Além disso há tipos que a gente nunca esquece. O anão meteu-se em sarilhos?

O coronel contou-lhe o que sabia. Monte escutou-o atentamente, enquanto saboreava o uísque. A seguir pediu-lhe um cigarro:

— Ninguém acredita, mas deixei de fumar...

Agarrou o cigarro entre o polegar e o dedo médio e recostou-se na cadeira. Palmares tentou lembrar-se em que filme vira um ator fumar assim. O fumo, naquele espaço, parecia capturar e tornar ainda mais amargo o lume do crepúsculo.

— O teu homenzinho, é claro, não estava ligado aos fracionistas. Foi ao apartamento do Coelho buscar qualquer coisa, um leitão assado acho eu, naquela época as pessoas arriscavam a vida por um leitão assado. Soube que era inocente assim que o vi, mas também soube que, mais cedo ou mais tarde, nos iria trazer problemas. Decidi mantê-lo preso para o seu próprio bem. Profilaxia. Lembro-me sempre do que dizia o meu avô: bate na tua mulher todos os dias. Tu podes não saber porque bates, mas ela há-de saber porque está a apanhar.

Calou-se, esmagou o cigarro no cinzeiro, e num gesto de desânimo indicou as pessoas ao redor:

– Reparaste que ninguém se senta ao pé de mim?

Palmares não respondeu. As pessoas também evitavam sentar-se junto dele. Ficaram os dois em silêncio, vendo morrer a luz, enquanto lá fora crescia o rouco alarido das cigarras.

– Euclides –, disse Monte, – já deves ter percebido, –escorrega no quiabo.

Palmares sobressaltou-se:

– Como?

– Escorrega no quiabo! Entendes? Pega de marcha atrás.

– É maricas?

– Todos os dias. Provavelmente várias vezes ao dia. Vive com um indiano chamado Cunha de Menezes. Aliás, fui eu que os apresentei. Naquele tempo, tu não te deves lembrar, eras miúdo, filmamos alguns interrogatórios que depois foram mostrados na televisão. Os camaradas fracionistas faziam a sua autocrítica, pediam perdão ao povo, publicamente, e depois eram fuzilados. O Cunha de Menezes fazia parte de uma das equipes de televisão, mas não aguentou a tensão e fraquejou. Tive de o mandar prender e ele foi parar na cela onde estava Euclides. Julgo que ficaram amigos naquela altura.

(foragido da memória)

Uma multidão ruidosa amontoa-se debaixo das barracas. A chuva cai agora em rápidas bátegas sobre os toldos. Euclides fecha o livro, paga e salta da cadeira. Francisco Palmares deixa duas notas de dez reais em cima da mesa e desliza atrás dele. O jornalista esgueira-se com uma agilidade de lebre por entre a turba festiva. O coronel perde-o, julga que já não o encontrará, mas vê-o de repente a subir para um táxi. Corre, entra no carro. Ernesto dormita com a cabeça apoiada no volante, uma garrafa de uísque pousada no regaço. Sacode-o:

– Acorda! Segue aquele táxi...

O motorista exulta. É um velhote arruinado, com um bigode ralo, de duras cerdas cinzentas, um nariz partido, que lhe dá uma aparência de antigo boxeador. Faltam-lhe dentes e os que sobram são baços e amarelos. Fala com o caloroso sotaque de Benguela:

– Pópilas, coronel, é para já! Esperei quinze anos para que alguém me pedisse tal coisa. E logo havia de ser um compatriota.

Francisco irrita-se.

– Isto não é um filme, mais-velho!

– Não? Pois podia ser. A minha vida daria um filme...

Daria. Francisco Palmares conheceu-o pouco depois de se mudar para o Rio de Janeiro e fez dele uma espécie de motorista particular. Ernesto saiu de Angola há muitos anos.

– Tive um acidente de carro. Ia indo desta para melhor. Foi a 7 de fevereiro de 1977. Mandaram-me para aqui, para ser tratado, e já não regressei. Depois disso, no aniversário da minha morte... é como eu lhe chamo... fecho-me em casa e não saio. Nem sequer saio da cama.

Percorreu meio Brasil ao volante de um caminhão, foi mágico num circo, caçou jacarés no Pantanal, afundou-se na lama de Serra Pelada à procura de ouro, teve muito dinheiro e jogou-o e bebeu-o e dissipou-o com mulheres, antes de arribar ao Rio, novamente, mais pobre do que nunca, atrás de uma dançarina de cabaré.

"Fecho os olhos e volto a vê-la. Elisa, a mulata. Quando ela vestia de negro e sambava sozinha no meio da sala ao som de uma orquestra de mambos... Ah, coronel, renascia uma rainha de qualquer noite africana. Parecia uma escultura quioca enegrecida pelo tempo."

O táxi onde segue o jornalista detém-se diante da Igreja da Candelária. Francisco diz a Ernesto que pode regressar a casa, pois faz-se tarde, e sai. A chuva parou. Euclides caminha, distraído, com o livro debaixo do braço. Vai pela rua da Quitanda, vira à direita na rua do Ouvidor e arremete depois, saltando sobre as poças de água, por uma série de vielas estreitas e mal iluminadas. O piso, calçado com grossos blocos de pedra, lembra o de certas povoações medievais da Europa. Euclides entra de súbito por uma porta; o coronel acelera o passo e espreita. Vê umas escadas estreitas e ao cimo um letreiro:

Pensão Esperança – Só Para Solteiros.

Há uma lanchonete no outro lado da rua. Senta-se ao balcão e pede um chope. Para passar o tempo aceita um jornal que a moça da caixa lhe estende. Pensa no que fará em seguida. Encontra uma página inteira anunciando acompanhantes:

"Carolina, loira gaúcha, 19 anos, olhos azuis, pele branquinha, seios rosados. Trabalhos comprovados. Indiscutivelmente linda. Cem reais por três horas."

"Arcanjo Miguel, olhos verdes, 1,78m. Ativo e liberal, detalhe excessivo, sessenta reais."

"Gabriela, morena, 25 anos, olhos verdes, seios exuberantes, pernas grossas, cem centímetros de quadril, discreta e liberal. Para executivos e casais exigentes."

Um, em particular, chama-lhe a atenção:

"Florzinha, morena queimada, linda, carinhosa."

Ele conheceu uma Florzinha que correspondia àquela descrição. Procura uma esferográfica e desenha um círculo em volta do anúncio. Começa a sentir-se ridículo. Muito bem: o ano enganara-o, estava vivo, muito vivo mesmo, e parecia feliz. Na verdade, ele parecia sempre feliz, conseguia parecer feliz em qualquer situação, inclusive dentro do seu próprio féretro, com dois tiros no peito e um calor de rachar.

Euclides Matoso da Câmara morrera e ressuscitara. Palmares sorri: sabe o que é isso. Também ele morreu e ressuscitou. Ressuscitou mesmo? Não tem a certeza de haver ressuscitado. Um dia, há quanto tempo? O seu carro bateu de frente contra um poste, na ilha, a uns cem quilômetros por hora. Palmares quis soltar o cinto de segurança. Tentou mover-se e não foi capaz. A cabeça dizia à mão: mexe-te. Ele via a mão, via a mão quieta. Florzinha, ao seu lado, tinha os olhos muito abertos. Palmares distinguiu um miúdo a espreitar para dentro do carro. O canuco abriu a porta e gritou qualquer coisa. Eram vários. Um tinha a cara cheia de cicatrizes. Esse passou por cima dele e agarrou a bolsa de Florzinha. Saiu pela janela. Outro tirou-lhe o colar e os anéis. Palmares via tudo isto mas não conseguia mexer-se. Dizia, mexe-te mão, mas a mão não lhe obedecia. Dizia, para si próprio, agora vou levantar-me, mas as pernas não lhe obedeciam. Pensou: então é isto a morte. Lera sobre aquilo. Estou morto. O meu espírito debruça-se sobre mim, solta-se do pobre corpo morto como a borboleta do casulo experimenta as asas e voa. Daqui a pouco, pensou, vou ver-me a mim próprio coberto de sangue, e depois vejo os carros, com os garotos à volta, a praia, o mar, as luzes de Luanda, o carro cada vez mais pequeno, um enxame de luzes, as estrelas, o negrume infinito. Sentiu-se feliz por estar morto. Não teria de viver com o remorso de ter assassinado Florzinha. Não precisaria prestar contas ao Velho. Pensar nisto encheu-o de terror. Se não estivesse morto, o Velho matá-lo-ia da forma mais cruel que conseguisse imaginar. Uma menina, albina como uma assombração, arrancou-lhe os sapatos. Aproximou o rosto amarelo dos olhos dele e sorriu. Palmares tentou falar. Queria dizer-lhe, estou vivo, ainda não morri, tira-me daqui, por favor, leva os sapatos mas tira-me daqui.

– É o fim –, disse-lhe a menina, – o fim do filme, meu pai, *The End*.

Abriu-lhe os lábios, meteu-lhe dois dedos na boca, e começou a explorar-lhe os dentes. Palmares lembrou-se de uns versos de Rui Knopfly:

"Outras vozes sepultam já o eco da minha.
Foragido da memória irei por esse mundo além.
Amigos, fantasmas, nomes, lugares sabidos de cor:
quero chamar-vos esquecimento."

A menina viu-lhe o molar de ouro e voltou a sorrir. Pegou numa pedra e começou a bater-lhe na boca. Palmares não era capaz de se lembrar a que livro pertenciam aqueles versos. Fugia-lhe o título do poema. A menina teve o cuidado de lhe abrir os lábios, evitando magoá-lo, procurava bater apenas no dente, até que conseguiu soltá-lo. Palmares ignorou as pancadas. O que o preocupava eram os versos de Knopfly:

> *"Escrevo sentado sob a fraca luz que do alto desce.*
> *Escrevo contra o silêncio. Eu não tenho já nome aqui.*
> *Por certo os outros têm a História a seu favor.*
> *Ausculto a tênue respiração da noite e da quietude.*
> *Sob o débil crepitar do metal percorrendo o papel*
> *soa perturbada a harmonia distante do universo."*

Aquilo foi há quanto tempo? Parece-lhe que foi há uma eternidade. Ele, Francisco Palmares, não se esquece de nada. Às vezes isso é bom. Noutras ocasiões pode ser um tormento. Ali, por exemplo, sentado ao balcão de um bar, no centro do Rio de Janeiro, enquanto uma garoa turva cai tristemente por sobre a cidade. Suspira. Tira o telefone da capa de couro, procura o anúncio no jornal e disca o número. Uma voz de mulher arranca-o das sombras.

Rio de Janeiro, Motel Carinhoso, cinco horas e trinta minutos

(a importância de um nome)

Estendido de costas, Francisco Palmares observa-se a si próprio a levitar no espelho do teto. Há muito tempo que não se vê assim, nu, de corpo inteiro, tão desamparado como quando veio ao mundo. Trinta e sete anos, mais vinte e cinco dias e algumas horas até chegar àquela cama. Um homem alto, sólido, rosto firme, comprido, olhos grandes e melancólicos. Uma expressão infantil que, assegura Florzinha, a princesa, ilude as mulheres. Abre os braços e vê-se a si próprio, o outro, preso no espelho do teto como entre os vidros de um aquário, a abrir os braços, uma cruz negra contra o branco dos lençóis. Fisicamente, é certo, continua em forma. Quando encontra algum antigo colega adivinha por vezes a serpente do rancor deslizando furtiva por detrás das palavras de circunstância:

— Estás cada vez mais jovem, meu parente, só nós é que envelhecemos.

Também envelhece, é claro, mas a ele os anos caem-lhe bem (como a qualquer roupa que vista). Salta da cama e galga o lance de escadas que dá para a piscina com a ligeireza de um gato. Aquele é, a acreditar nos guias turísticos, o melhor motel do Rio de Janeiro.

A mulher dança, de costas para ele, com a água pela cintura. Zeca Baleiro canta na televisão. Ela não o sente chegar.

"Florzinha, morena queimada."

Poderia ser também amorenada, melada, bronzeada, café com leite, morena fechada, tostada, turva, corada, cobre, jambo, marrom, baiana, saraúba. Numa pesquisa realizada nos anos setenta, em todo o território brasileiro, pediu-se aos entrevistados para se definirem em termos de raça. As pessoas responderam com um total de cento e trinta e seis definições diferentes. Euclides é que lhe contou aquilo. Vivia obcecado pelo que chamava "a situação dos negros no mundo." Francisco sorri. Fazem-lhe falta as longas conversas com o jornalista. Entra na piscina, agarra a mulher pela cintura e morde-lhe o pescoço.

– Continua –, pede, – quero ver-te dançar.

Florzinha, a autêntica, costumava dançar para ele antes de fazerem amor. Também depois. E até durante. Repara numa pequena placa presa à parede:

"Procurando oferecer sempre o melhor aos nossos clientes acabamos de instalar nas piscinas e banheiras de hidromassagem o mais moderno método de esterilização de água. O sistema de ultravioleta. Este sistema dispensa a utilização de cloro, utilizando peróxido de oxigênio, produto inodoro, sem efeitos colaterais e ação bactericida cinco milhões de vezes mais rápida e eficiente."

Zeca Baleiro termina de cantar. Francisco lança um olhar ao relógio preso à parede. Seis horas da manhã. Uma luz fria e morta, tão estéril quanto a água da piscina, entra pela claraboia. Tem de regressar ao centro. A mulher percebe o gesto:

– Quer que eu pare, moreno?

O coronel sente-se de repente muito cansado.

– Eu não sou moreno, sou preto, e por sinal bastante preto. E você também não é morena, é preta, embora não tão preta quanto eu. Além disso não se chama Florzinha.

Ela ri-se (o riso dela parece água a bater na água).

– O que é um nome? Um nome não tem importância.

Francisco levanta-se. Afasta-a sem fazer um gesto, como quem arreda um mau pensamento, sai da piscina e abre a porta de vidro que comunica com o chuveiro. A água queima-lhe a pele. Vê, por entre o vapor, a mulher descer as escadas, o corpo úmido e reluzente, bela como uma porta-bandeira desfilando na Sapucaí em pleno carnaval.

"É muito importante um nome. Os nomes resumem a essência das coisas."

Pensa no verso de Knopfly:

"Eu não tenho já nome aqui."

Pensa no que diria Euclides:

"Se um negro se define como moreno queimado, está a matar um negro."

É um negro a menos no Brasil. Sai do chuveiro, enxuga-se e regressa ao quarto. Florzinha ajeita o cabelo diante do espelho. Vestida, parece mais nua. Canta:

"Não sou negra, moreno, mas eu chego lá."

Com aqueles versos Euclides poderia escrever um ensaio: *O negro brasileiro – uma contradição nos termos.*

Rio de Janeiro, Pensão Esperança, sete horas e quinze minutos

(um cheiro de terra molhada)

A pensão ainda tem a porta fechada. O coronel procura a campainha mas não a encontra. Em seu lugar vê uma albarda de bronze, enorme, pesada, que certamente irá acordar toda a vizinhança. Paciência. Bate duas vezes e instantes depois um menino vem abrir a porta. Francisco diz-lhe que pretende falar com o senhor Euclides Matoso da Câmara, um jornalista angolano, homem de pouca estatura. O garoto sorri:

– Doutor Euclides?

Convida-o a entrar. A porta dá para uma sala estreita. Uma varanda, ao fundo, debruça-se fatigada sobre um quintalão úmido, muito escuro. A mesa para o café da manhã ocupa toda a varanda. Francisco senta-se num cadeirão de palhinha. Ascende do quintal um cheiro bom de terra molhada. Lembra-se de Maria Bethânia cantando:

"Maninha me mande um pouco
do verde que te cerca.
Um pote de mel.
Meu coleiro cantor, meu cachorro Veludo.
E umas jabuticabas.
Maninha, me traga meu pé de laranja-da-terra.

*Me traga também um pouco de chuva,
com cheiro de terra molhada."*

Na África, ao cair das primeiras águas, a terra desprende um perfume ainda mais vigoroso. Acodem-lhe à memória imagens da infância, as madrugadas de domingo no início das chuvas, em que o pai o acordava para irem caçar, e ele descia ao quintal e trazia os cães. Era difícil controlar os animais, que saltavam nervosos e ladravam, antecipando o festim. Talvez por isso ele associe aquele cheiro a caçadas. A sangue fresco. Pensa nisto quando ouve atrás de si uma voz trocista:

— Então vieste! Ontem faltou-te a coragem?

Francisco levanta-se:

— Ontem estavas morto, mais-velho, e eu não achei o que conversar com um morto.

Abraçam-se.

— Vi-te na feira, escondido atrás de uma barraca de doces, à espreita, como um ladrão de carteiras. Achei melhor dar-te algum tempo para recuperares do susto. Tinha a certeza de que me seguirias até aqui. Um polícia nunca deixa de ser polícia.

— Eu deixei. Afastei-me do Ministério. Agora trabalho por conta própria. As coisas em Angola mudaram muito desde que tu...

— Desde que eu morri?

O coronel preparara-se a noite inteira para aquele momento — mas não o suficiente. Desvia os olhos:

— Lamento muito.

Euclides sabe que o coronel não está a falar da sua morte. Repuxa o bigode com força. A voz treme-lhe de cólera:

— O que vocês fizeram não tem perdão.

O outro afasta a cadeira:

— Eu sei. Eu sei. Aquilo escapou ao nosso controle, foi longe demais. Longe demais...

Ficam muito tempo em silêncio. Finalmente o coronel fala:

— Tu estavas na delegação provincial. Tenho a certeza. Como conseguiste escapar?

— Escapar? Eu não escapei. Tu viste que não, estiveste no meu enterro.

— E o enterro, sim, isso pelo menos podes dizer-me como foi?

— Foi fácil. O Cunha deu-me uma droga qualquer, lá da terra dele, um truque de faquires, que me deixou a dormir como se estivesse realmente morto, acho até que realmente morri, e organizou depois aquele belo funeral. Logo a seguir desenterrou-me. Passei a polícia de fronteiras com o meu próprio passaporte dois dias depois de enterrado e ninguém deu por nada. Incompetentes! Os teus colegas, graças a Deus! São todos incompetentes.

Recomeça a chover. A manhã escurece. Uma brisa fria arrepia a folhagem. Francisco Palmares lembra-se de Luanda:

— Meu Deus, tínhamos um país! E aqueles tipos destruíram tudo...

— Aqueles tipos? Vocês! Vocês destruíram tudo.

O coronel olha-o, ofendido. Abana a cabeça.

— Estás há muito tempo longe da terra, muadié, e para quem está de fora as coisas parecem sempre simples. Não entendes nada. Falas como um estrangeiro. A guerra enche os bolsos de muita gente.

O vigor com que diz isto deixa-o exausto. Ele não gosta de falar de Angola.
— Esquece. Eu não tenho já nada a ver com a pátria. Quase nada. E tu, posso saber onde é que vives?
Euclides serve-se de uma fatia de bolo:
— Primeiro tu.
— Já te disse que deixei o Ministério. Sou empresário. Tenho negócios aqui.
— Negócios?
— Os outros compram barato, no Brasil, pequenas coisas, desde sandálias a cuecas, e vendem muito caro em Luanda. Eu faço o contrário, compro barato em Luanda e vendo caro aqui. E tu?
O que é que se pode comprar barato em Luanda e vender caro no Brasil? Euclides acha melhor não perguntar. Se Francisco Palmares lhe disse aquilo é porque tenciona dizer-lhe o resto. Serve-se de uma chávena de café:
— Moro em Lisboa.
O coronel olha-o incrédulo:
— Em Lisboa?! Em Lisboa não é possível. Se morasses em Lisboa, eu saberia. Lisboa é uma cidade angolana. Toda a gente saberia...
— Moro em Lisboa, sim, mas evito os lugares frequentados por patrícios. Onde há patrícios, meu querido, eu não vou. Vivo tranquilamente. Faço traduções. Escrevo com um pseudônimo para um jornal de circulação restrita, já deves ter ouvido falar, o *Política Africana*. Um jornal distribuído através da Internet a gente disposta a pagar bastante dinheiro por informação confidencial. Empresários, políticos e pessoas como tu, claro, polícias do pensamento.
O coronel ignora a provocação:

— E o Cunha de Menezes?
— Voltou para Goa. Em Lisboa não conseguia arranjar emprego. Acho que foi melhor assim. Casou com uma goesa. Tiveram dois filhos, um casal, eu sou padrinho do rapaz.

Novo silêncio. Passaram quantos anos? Tão pouco tempo. Tanto tempo. Tanta gente morreu nesse intervalo de tempo. Euclides recosta-se na cadeira:

— E tu, onde estás a viver?
— No Hotel Glória.
— Não entendo. Tu estás alojado no Hotel Glória? Mas isso deve custar uma fortuna. Em Angola as pessoas morrem de fome e vocês, os dirigentes, alugam quartos nos melhores hotéis!

Francisco Palmares olha-o aborrecido. Aqueles tipos lutaram para acabar com o comunismo, o comunismo foi-se, caiu de podre, e agora são eles que discursam como se fossem comunistas.

— Quem paga o hotel não é o povo angolano, não és tu, sou eu. Ganho dinheiro, graças a Deus, ganho bastante dinheiro e gasto-o como entender melhor. Além disso, não tenho nada a ver com o governo, já te disse, trabalho por conta própria.

Enlaça os dedos e estala-os. Faz sempre isso quando está nervoso:

— Queres saber como ganho o meu dinheiro, não é? Está bem, meu cota, vou-te dizer: vendo armas.

A Euclides não lhe ocorrera tal coisa:

— Vendes armas! E a quem as vendes, meu Deus! Pode-se saber?

— A quem as procura, é claro. Aos negros dos morros.

– Tu vendes armas aos traficantes? – Ri-se, espantado.
– Porra! Tu vendes armas aos traficantes, é isso que fazes? Em que merda te foste meter?!

Ri-se, mas Francisco Palmares sabe que ele está indignado. Nunca o ouviu antes recorrer a palavrões. Euclides não utiliza sequer gíria. Lembra muito, a falar, o velho Feliciano Palmares. Foi por isso, foi sobretudo por isso que Francisco se aproximou dele. Provocava-o:

– Tens a mania de que és preto fino.

Ele próprio, contudo, se irritava ao ouvir os jovens luandenses comunicarem entre si numa geringonça efêmera e ruidosa, diminuindo, corrompendo alegremente a língua do colono.

– A elegância começa na palavra. É preciso saber falar para saber pensar.

Frases do velho Feliciano. A desgraça de Angola principiou, segundo ele, no dia da Independência, a 11 de novembro de 1975, quando o movimento decidiu promover a ministros, embaixadores, assessores os marginais semi-analfabetos dos musseques. Feliciano Palmares foi simpatizante da Revolta Ativa, grupo de intelectuais, entre os melhores no movimento, que se atreveu a contestar a liderança de Agostinho Neto, o Presidente-Poeta. Após a independência, para escapar ao destino de muitos dos seus companheiros, presos e torturados, exilou-se em Lisboa, montou um consultório de cardiologia e nunca mais regressou a Angola. Francisco não quer pensar no pai. Volta a estalar os dedos. Corta lentamente um pedaço de bolo e coloca-o num prato. O que pode responder?

– Se te acalmares vais perceber que não é nenhum disparate. Trata-se de um negócio como outro qualquer.

Tenho um bom produto para oferecer e a procura é grande. Faço muito dinheiro.

— Um negócio como outro qualquer? Um crime! Estás a falar de uma atividade imoral, criminosa, podes ser preso por isso!

Euclides levanta os braços. Vai acrescentar mais qualquer coisa mas desiste. Percebe de repente o ridículo daquilo tudo. Ali está ele, discutindo sobre questões éticas com um assassino profissional, um coronel do Ministério da Segurança de Estado. Encolhe os ombros:

— Não tens medo que te denuncie?

— Tu? Claro que não! Acho, inclusive, que me poderias ajudar. Se o dinheiro não te interessa, tudo bem, mas pensa no que isto significa em termos políticos. Na verdade, estou a dar a esta gente os instrumentos para que se revoltem, para que organizem uma revolução...

Euclides salta da cadeira. Ergue a voz:

— Isso é demais! Vim ao Brasil descansar, vim de fé-rias, vim ver o meu padrinho, coitado, que está a morrer. Não pretendo arranjar problemas. Nem sequer sei porque estou a conversar contigo...

Francisco assusta-se:

— Calma, calma, mais-velho, eu vou-me já embora. Pensa apenas no que te disse. Pensa o tempo que quiseres. Sabes onde me podes encontrar.

Levanta-se e estende-lhe a mão. Euclides ignora-o. É uma questão de instantes. Cara fechada, braços caídos. Finalmente, responde ao cumprimento:

— Vai, vai. Mais tarde eu ligo para ti.

O coronel caminha sozinho até à porta, abre-a e vai-se embora sem olhar para trás. Está elegante, como sempre, com uma camisa cor de vinho, calças largas, pretas, sapatos desportivos, da mesma cor da camisa. Um príncipe, pensa Euclides. Um príncipe sem trono, sem súditos, sem nobreza alguma de propósitos, mas um príncipe, apesar de tudo. Ou aquilo que se supõe que um príncipe pareça.

Rio de Janeiro, Lagoa Rodrigo de Freitas, quinze horas

(uma alegoria do Brasil)

Sentado no pequeno cais de madeira, com os pés suspensos sobre a água, Euclides Matoso da Câmara bebe a fresca brisa da tarde. A lagoa ilumina a paisagem com um fulgor metálico. Ele despe o casaco, saca o laço, arregaça as mangas e fica de suspensórios amarelos, uma figurinha frágil e feliz, em perfeita harmonia com aquele instante.
— Meu Deus! —, murmura, — quanta beleza!
Ao fundo, suspensos sobre as águas, erguem-se dois grandes morros. Prédios crescem no sopé dos mesmos, torpes e escuros como uma doença de pele. Duas garças pousam ao seu lado. São enormes. Têm as patas amarelas, tão lustrosas que parecem de plástico, no mesmo tom dos suspensórios do jornalista. Euclides tira uma maçã de uma maleta de couro, corta-a com um canivete suíço e oferece um pedaço às garças; estas ignoram-no com um desdém de rainhas.
Um barco flutua, ancorado, um pouco à frente. Uma dezena de grandes aves pretas, biguás, permanecem em pé e imóveis, no seu interior, muito bem alinhadas, o bico voltado na direção do vento. À proa resplandece uma garça. Euclides descobre naquilo uma alegoria do Brasil: um país de negros escravizados, remando, remando sempre

– e sempre, sempre, um colono branco à proa. Afugenta as duas garças, que gritam e se vão. Ao seu modo bárbaro, desajeitado, oportunista, Francisco Palmares tocara no cerne do problema.

– Este vosso país –, murmura, dirigindo-se aos biguás, – nunca foi descolonizado. Revoltem-se! O Brasil precisa de uma revolução. A guerra envergonhada, sem glória, que presentemente apenas atinge os pobres e os pretos... palavras que aliás, convenhamos, querem dizer a mesma coisa... a guerra tem de descer das favelas e alcançar o asfalto.

Esta ideia emociona-o. Euclides não gosta de violência. As pessoas pequenas, costuma explicar aos amigos, são normalmente pacíficas. A violência, afinal, é um recurso dos fortes. Os anões alcançaram grande poder em algumas cortes europeias, na função de bobos, porque os monarcas não os temiam. Era improvável que um anão, um bobo, tentasse um regicídio. As pessoas pequenas desenvolvem a argúcia, tornam-se por força das circunstâncias capazes de dissimular ideias e sentimentos, adquirem por vezes talentos de camaleão e mesmo o dom excepcional da invisibilidade. Um anão pode ser um canalha, é certo, como qualquer pessoa, pode odiar e matar por ódio, mas dificilmente cede à ira.

Euclides imagina-se a si próprio de metralhadora em punho. Vê-se a descer favelas, disparando, saltando muros, comandando multidões em fúria. Sacode a cabeça enquanto larga uma gargalhada sincera. Não, nunca será um operacional, um guerrilheiro, um comandante de tropas. Depois volta a pensar no coronel e surpreende-se ao experimentar por ele uma certa ternura. Palmares, sim, tem corpo e coragem, além de experiência militar, para organizar e conduzir uma revolução armada. Haviam sido amigos? Não sabia. Talvez o coronel ache que sim. Em 1992 avisara-o de que se estava a preparar uma chacina em Luanda:

— Vamos torrar os maninhos e há quem queira aproveitar para eliminar também o resto da oposição. O teu nome está na lista. Não devias ter feito troça do Presidente. No velho ninguém toca.

Referia-se a um conto que Euclides publicara num jornal português pouco antes das eleições.

(o Nat King Cole do Bailundo)

A partir da publicação do conto Euclides sabia que corria perigo. Os governos totalitários receiam o riso tanto quanto aos vampiros horroriza a luz do sol. Não acreditou, porém, que os radicais do regime fossem capazes de desencadear um massacre, dentro de Luanda, na presença de testemunhas — representantes do corpo diplomático e das empresas multinacionais, observadores convidados a assistir às eleições, inúmeros jornalistas estrangeiros. Quando Francisco Palmares bateu à porta do seu apartamento numa tarde de sexta-feira trazendo-lhe uma bela garoupa, que ele mesmo pescara poucas horas antes nas águas do Mussulo, e um bilhete de avião para Lisboa, Euclides riu-se:

— Ofereces-me quinze dias de férias na metrópole?! Foi ideia tua ou dos teus patrões?

Francisco Palmares olhou-o muito sério:

— Se alguém sabe que fiz isto, sou eu que morro. Por uma vez não discutas comigo. Aceita o bilhete e vai-te embora esta noite. Podes regressar assim que as coisas acalmarem.

Euclides aceitou a garoupa mas devolveu o bilhete. Na manhã seguinte, sábado, foi à Piscina de Alvalade, como fazia sempre, almoçou mesmo por lá, e a seguir decidiu passar pela delegação dos maninhos. Os militantes do galo negro tinham programado uma grande manifestação para aquela tarde e a seguir anunciado que desistiam dela; pretendia confirmar tal decisão e se possível entrevistar algum responsável pelo movimento. O soldado que fazia guarda à porta lembrava um rinoceronte: era um tipo sólido, nervoso, com uns olhos minúsculos, em constante movimento, e umas mãos grossas e ásperas. Deixou-o entrar sem o aborrecer com perguntas.

Lá dentro ia um transtorno de gente movendo-se de um lado para o outro (como se não soubessem para que lado se mover), transportando armas, papéis, gritando ordens em português e umbundo. Euclides abriu caminho até encontrar um antigo colega da Escola Comercial, o general Bartolomeu Catiavala, sujeito alguns anos mais velho do que ele, caloroso, festivo, que quando adolescente, no Huambo, ganhara fama de grande sedutor, namorando pretas, mulatas e brancas, graças, sobretudo, ao calor de uma voz absolutamente idêntica à de Nat King Cole e a uma bela barba. Foi talvez, em Angola, o primeiro cantor de uma banda de *jazz*: os Alma Negra. Mal o viu, o general quis saber o que estava ele a fazer ali. Arrastou-o para um gabinete nos fundos da casa:

– Começou! Estão a bombardear o Hotel Turismo. Não tarda somos nós.

Disse isto e uma tremenda explosão sacudiu o edifício. Segundos depois a porta abriu-se e um branco magro, alucinado, que Euclides já vira antes, embora não conseguisse lembrar-se onde, gritou para Bartolomeu:

— Destruíram a minha viatura.
— Ainda é possível evacuar os civis?
O branco sacudiu a cabeça. Falava com um forte sotaque do Huambo, que nele parecia artificial e ostensivo, um pouco como o antigo Presidente do Peru, Alberto Fujimori, vestido com um poncho andino.
— Aka! Impossível, maninho! Estão a fazer demasiado fogo. Já temos um ferido.
Bartolomeu, embora nado e criado no Bailundo, descendente de um antigo rei dos ovimbundos, servia-se de um português afinado, de que se orgulhava, e que ele mesmo definia como coimbrão.
— No momento em que os nossos amigos souberem que você está aqui mandam os tanques para cima de nós. Disseram-me que o camarada Presidente ficou muito aborrecido com você, maninho, disseram-me que você foi mal-educado, coisa em que não acredito, mas é o que consta. Há pouco interceptei uma mensagem ordenando aos assassinos da polícia antimotim para assaltarem o seu apartamento. A ordem era clara: levem-no e fuzilem-no.
A Rádio Nacional transmitia apenas música: Nat King Cole. Foi assim durante toda a tarde, a noite, e no dia seguinte o dia inteiro, e outra vez à noite até de madrugada. Ao princípio muita gente na delegação se sobressaltou:
— Aiuê! O general Catiavala está a cantar na rádio.
Foram chamá-lo para junto do aparelho e ele juntou a sua voz à do americano, com tanta emoção, com tal acerto que por breves instantes o mundo pareceu inteiramente em paz. Ouvindo-os, não conseguia saber-se qual das duas vozes era a genuína. Mais tarde Euclides tentou descobrir quem

na Rádio Nacional selecionara a banda sonora da matança: ninguém se lembrava.

    Minutos antes o jornalista nadava sozinho, na Piscina de Alvalade, sob um sol magnífico. Agora via-se ali, preso numa ratoeira, e Angola ardia de novo. Sucediam-se as explosões, abafadas umas, outras muito próximas, enquanto os tiros estalavam ao redor como fogo de artifício. O edifício estava completamente cheio. O ar pesava, azedo e quente, uma substância líquida, pegajosa, que se metia pelos cabelos e se alojava na alma como um animal daninho. Ao nível do solo, onde Euclides se movia, tudo parecia ainda mais perigoso. O jornalista furou por entre uma selva de pernas, ao acaso, pois só queria uma fresta por onde pudesse respirar. Foi nessa altura que os seus olhos encontraram os do Rinoceronte. Alguém o encostara, sentado, a uma parede, e tentara compor-lhe as pernas desfeitas, prendendo os farrapos sangrentos com improvisados talos de cartão e ligaduras arrancadas aos cortinados. Uma vez, numa excursão de escoteiros ao deserto do Namibe, devia ter então quatorze anos, Euclides vira um rinoceronte decapitado. Já não era bem um rinoceronte – o que havia nele de rinoceronte (a força couraçada, o sólido furor acumulado) escoara-se pelo pescoço juntamente com o sangue. Algo de semelhante acontecera ao soldado. À sua frente jazia agora um pobre garoto de olhar vazio. Euclides sentou-se ao seu lado e deu-lhe a mão. É disso que se lembra quando pensa naquelas longas horas de angústia, antes da fuga. Ele, de mão dada a um rinoceronte moribundo, enquanto Nat King Cole cantava na rádio.

Rio de Janeiro, Restaurante Colonial, Hotel Glória, vinte horas

(o único vício de Jararaca)

Francisco Palmares mostra na parede, ao seu lado esquerdo, a reprodução de uma tela de Jean-Baptiste Debret. Há dois negros em primeiro plano, um cortando o cabelo do outro.
— Repara bem neles. Repara depois na ama e nos carregadores da liteira. Todos os negros estão descalços. Naquela época só os homens livres podiam usar sapatos. Gosto de jantar aqui. Somos nesta sala os únicos negros calçados e eu entendo isso como uma espécie de vingança histórica.
Euclides interrompe-o:
— Sou melhor observador do que tu, meu caro. Ali na entrada há duas estatuetas, dois etíopes com a bandeja cheia de chocolates, e esses têm sapatos. Uns belos sapatos de bico revirado, por sinal, com os quais farias enorme sucesso. Os escravos calçavam sapatos, ou não, consoante as posses dos seus proprietários.
O coronel procura disfarçar a irritação. Pede-lhe que tenha paciência e o deixe concluir o raciocínio. Certa ocasião, em Lisboa, ainda no tempo do *apartheid,* conhecera um funcionário da Embaixada da África do Sul, um tal Fourie, um bôer da Namíbia, sujeito simpático e conversador.

Beberam uns copos juntos, no Pavilhão Chinês, beberam mais um pouco, até que pelas duas horas da manhã o diplomata, já bastante tomado, desenrolou toda uma tese: com o *apartheid* o objetivo dos bôeres era simplesmente conseguir sapatos! O avô, um camponês miserável, morrera descalço. Atrás do avô, perdendo-se no tempo, havia gerações de Fouries, e todos tinham pisado, descalços, a terra vermelha da África. Ao afastarem os negros do poder e de todas as atividades rentáveis, graças a um conjunto de leis racistas, eles haviam prosperado, alcançando em poucos anos um nível social próximo ao dos conquistadores ingleses. Segundo o bôer, não era possível calçar toda a gente. Para que uns poucos pudessem usar sapatos a maioria teria de continuar descalça. Infelizmente, a partir do momento em que deixaram de sujar os pés com a poeira africana, os bôeres foram-se tornando cada vez mais arrogantes, perderam o contato com o país e perderam-se dele – isto, sempre, nas palavras de Fourie.

Euclides ri, trocista:

– Lembro-me de ter ouvido um dia o teu pai, o velho Feliciano Palmares, gabar-se de que na vossa família as pessoas usam sapatos há sete gerações. Vais ver que é por isso que vocês, os caluandas, os ditos destribalizados, os crioulos, são tão arrogantes. Eu acredito nisso, no que o teu amigo Fourie defende: é sujando os pés, enfiando os pés na lama, que uma criança aprende a amar o seu país.

Francisco suspira:

– Posso terminar? O que quero dizer é que no Brasil acabou-se formalmente com a escravatura, e atenção, apenas nos finais do século XIX! Mas na prática prevaleceu até aos nossos dias um sistema semelhante ao do *apartheid*.

Euclides percebe onde ele quer chegar:

— Não te esforces, é inútil. Estou aqui enquanto jornalista. Quero conhecer os teus clientes, vamos chamar-lhes assim, mas apenas para entender melhor como funciona o tráfico, não estou interessado em entrar no negócio...

Francisco Palmares sorri com um cansaço que não corresponde à sua idade.

— Bem sei, bem sei –, diz, – só me pareceu importante dar-te um enquadramento. Quando conheceres o meu cliente vais perceber que ele não pretende apenas fazer dinheiro. O muadié tem preocupações sociais. Acho que este dia te reserva algumas boas surpresas. Uma delas, aliás, está a chegar agora...

Euclides volta-se na direção da porta. O espanto quase o faz cair:

— General, você por aqui?!

É Bartolomeu Catiavala. Arranca o jornalista da cadeira e levanta-o em peso, como se fosse uma criança, num abraço de jiboia. Tem os olhos cheios de lágrimas:

— Não pensei voltar a vê-lo, maninho, não nesta vida. Disseram-me que você se mudara para um pequeno apartamento, lá no Alto das Cruzes, na nossa terra de Luanda.

Atrás dele surge um outro homem, jovem, de olhos amendoados e tristes, bigode fino, cavanhaque ralo, a rebelde cabeleira mulata presa atrás num rabo de cavalo. Bartolomeu faz-lhe sinal para que se aproxime.

— Deixa-me apresentar-te Euclides Matoso da Câmara, jornalista, um dos homens mais inteligentes e corajosos de Angola. Morremos juntos em 1992.

O do rabo de cavalo curva-se timidamente e estende-lhe a mão:

— Jararaca, doutor, muito prazer.

Senta-se na ponta da cadeira olhando com angústia para as paisagens antigas presas às paredes. Euclides segue-lhe o olhar: os lustres pesados, as esculturas douradas, os largos sofás burgueses. Também ele se sente mal ali porque tudo aquilo lhe parece falso, incluindo o velho pianista gordo, ao fundo, fingindo ser Duke Ellington enquanto toca *Solitude* por obrigação.

— Há certos lugares —, diz, — nos quais nem a decadência é sincera.

Um empregado aparece com o cardápio:

— Desejam um aperitivo?

Francisco Palmares e Bartolomeu Catiavala escolhem um gim. Euclides pede uma taça de vinho branco. Jararaca agradece, muito obrigado, mas não bebe álcool. O coronel provoca-o:

— Você não bebe álcool, também nunca o vi fumar, dizem que não joga e jamais aceita apostas, é pois um homem sem vícios?

Jararaca olha-o muito sério:

— Vícios não tenho não, coronel. Meu único vício é matar.

Diz aquilo como poderia ter dito:

— Meu único vício é trabalhar.

Não para se exibir, antes para que se esqueçam dele. Francisco Palmares observa Euclides, inquieto, temendo-lhe a indignação; este, contudo, não dá mostras de ter es-cutado o traficante. Voltado para Bartolomeu maravilha-se com os estragos do tempo:

— Você parece um Preto Velho, general!

Realmente, com a densa barba completamente branca, a carapinha grisalha, a bengala de pau preto e marfim, Bartolomeu Catiavala é o próprio Preto Velho, imagem cultuada em terreiros de umbanda e candomblé.

— Fiquei assim na cadeia ao ser preso. Como você sabe, o meu cabelo era preto. Quando o coronel me arrancou de lá, cinco meses depois, tinha-me transformado num ancião. Se você me visse ao lado do meu cota naquela altura, julgaria que era eu o pai dele.

Francisco Palmares confirma:

— Nos últimos anos o general remoçou um pouco. Quando o encontrei na cadeia da estrada de Catete, confesso, nem o reconheci. Pensei que tinha mandado pintar a barba.

Euclides quer saber o que Bartolomeu faz no Brasil.

— Vivo aqui. — O general diverte-se com a surpresa do amigo. — Estou a dar formação militar aos maninhos, lá no Morro da Barriga.

— Não lhes podemos vender o material e ir embora —, completa o coronel, — queremos ter a certeza de que o utilizam corretamente. Estes tipos não sabem o que é uma guerra. A bem dizer nunca tiveram uma...

Jararaca coloca ambas as mãos sobre a mesa. Parece outra pessoa. Euclides surpreende-se com a transformação: é como se só naquele momento tivesse começado a existir. A voz sai-lhe segura. Percebe-se que está habituado ao mando:

— Somos nós que pagamos as armas e os instrutores, cara, e estamos pagando bem. E sabe por quê? Porque o que está acontecendo nesta cidade é uma guerra. Uma guerra, sim, tá ligado?! Faz ideia de quantas pessoas morrem por ano nas favelas cariocas?

Francisco Palmares atrapalha-se:

— Tem razão, companheiro. Pode chamar-se guerra ao que existe no Brasil. Eu referia-me no entanto a uma guerra clássica...

— Oito mil, cara. Oito mil pessoas, mais de vinte e duas a cada dia, tá ligado?!

Euclides mete-se no meio:

— Quando você diz nós refere-se a quem, Jararaca, aos traficantes?

— Sou traficante —, corta o outro secamente, — porque meu povo está escravizado pelo sistema.

Francisco Palmares tenta desviar a conversa:

— O verdadeiro nome dele é Jesuíno Alves de Melo Calado, pode ser?!

Jararaca ignora-o:

— Quem nasce no morro não tem alternativa. Ou você entra no movimento, e morre jovem, mas como um homem livre, ou você envelhece sem deixar jamais de ser escravo, tá ligado?

Não há nele um pensamento inédito. Ouvindo-o falar quase se pode escutar a outra voz — a de quem lhe soprou tudo aquilo.

— Se as ideias desse muadié fossem comida —, dirá mais tarde Francisco Palmares, — seriam hambúrgueres.

Na boca de Jararaca, porém, luzem como revelações. Euclides não se lembra do que comeram naquela noite,

" acho que foi peixe, talvez uma moqueca, não tenho a certeza."

Lembra-se, sim, de Jararaca discursando.

— Um bandido, sem dúvida. Isso sempre foi claro para mim. Um tipo capaz de crimes horrorosos e que se servia de ideias emprestadas para tentar justificá-los. Mas como falava, meu Deus! Não tinha nada que o salvasse a não ser aquela energia poderosa, extraordinária. Acho que é a isso que se chama carisma.

(when autumn leaves start to fall)

    A última vez que Euclides se recorda de ter visto Bartolomeu Catiavala, ainda com a esplêndida barba inteiramente negra e o cabelo sem um único fio branco, foi antes de este o ter ajudado a saltar um muro. Era um muro pequeno; porém, sem a ajuda do guerrilheiro, Euclides não teria conseguido passar para o outro lado. Uma bala riscou o cimento tão perto do seu rosto que a faísca lhe queimou a pele. Lembra-se de ter espreitado o relógio – os ponteiros luminosos assinalavam duas horas e trinta e cinco minutos do dia 1º de novembro de 1992 –, na intenção de verificar o momento exato em que voltara a nascer (nessa noite renasceria muitas vezes).

    – General –, gritou, tentando fazer-se ouvir por entre o latido das armas, – receio que um de nós esteja a abrigar-se do lado errado.

    A voz de Nat King Cole chegou até ele macia e quente:

    – Não, não, maninho, mantenha a calma. Ambos estamos do lado certo. Estamos é a proteger-nos de atiradores diferentes.

    O que Bartolomeu Catiavala queria dizer, e conseguira-o com um otimismo sem falhas, é que havia atiradores espalhados por toda a parte, provavelmente nas janelas dos inúmeros apartamentos ao redor, e nenhum lugar nas ruas de Luanda era seguro nessa noite. Euclides viu o general erguer-se sobre o muro, a sombra enorme recortada contra os relâmpagos das metralhadoras, gritar algo em umbundo e cair para trás. Chamou-o uma, várias vezes. Escutou então, distintamente, muito próximo, quase ao seu ouvido, uma gargalhada ácida.

– Outro galo que não mais cantará...

Ele e Catiavala tinham-se perdido da coluna que abandonara a delegação por volta das onze e meia da noite de domingo, numa tentativa desesperada para romper o cerco e seguir, a pé, em direção a Viana. As últimas horas haviam sido de extrema ansiedade. Através do telefone, que nunca deixou de funcionar, e dos radiotransmissores, foram tomando conhecimento da queda das diversas posições: o Hotel Turismo, o Motel, na estrada do Aeroporto para o Futungo de Belas, o Quartel Comandante Economia, o Cassenda e finalmente a Maianga, cujos comandos, cerca de centena e meia, conseguiram juntar-se ao grupo na delegação. A chegada destes homens decidiu o rumo dos acontecimentos:

– Se ficarmos, morreremos como ratos, morreremos todos; se tentarmos sair, à bala, protegidos pelos comandos, pode ser que alguns consigam escapar.

Antes, Bartolomeu Catiavala mandou chamar um dos comandos:

– Está a ouvir aquela PKM?

O homem prestou atenção. Era muito difícil, em meio à intensa fuzilaria, distinguir o particular latido de uma PKM, metralhadora de fabrico russo, assente em tripé. Exigia um bom ouvido, o treino moroso de um músico, coisa que o general possuía de sobra – não o soldado. Veio um outro comando mas também aquele não foi capaz de compreender o que pretendiam dele.

— Não, não, não! Não é essa! –, impacientava-se Bartolomeu Catiavala. – Repare bem no timbre: inconfundível.

Explicou então que a tal PKM não sossegara um instante, desde as cinco da tarde de sábado, exceto à hora das refeições:

— O filho da puta parou no sábado, pelas vinte, para jantar. Hoje parou à uma da tarde, foi comer o seu funje, e regressou pelas duas e meia; parou de novo pelas vinte e voltou agora. Está-me a dar cabo dos nervos, porra! Já não posso mais.

Finalmente apareceu um militar, uma figura gigantesca, com alguma formação musical. O general entregou-lhe um lança-morteiros RPG-9, arma poderosa, capaz de destruir um blindado:

— Vá lá fora e acabe-me com o gajo!

O homem foi e passados instantes ouviu-se uma terrível explosão. O tiroteio continuou, mas para Bartolomeu Catiavala, só para ele, não era a mesma coisa. Sentou-se no soalho, junto de Euclides, e piscou-lhe o olho. Estava feliz.

— Finalmente! – disse. – Um pouco de sossego...

Lembrava um maestro que tivesse eliminado à bala um dos violinistas em plena atuação da orquestra por não suportar mais ouvi-lo. Na plateia ninguém notara que o violinista desafinava. E nem sequer se teriam apercebido da sua morte – não fosse pelo escândalo do tiro.

Euclides abandonou a falsa proteção do muro, sentindo-se pela primeira vez na vida realmente sozinho, sem sequer o nome de uma mãe que pudesse evocar, e furou através dos tiros e da escuridão. Havia percorrido escassos metros quando chocou contra um tanque de lavar roupa.

Destapou a lona que o cobria e verificou que estava cheio de água. Bebeu um pouco. Retirou a tampa, esperou que a água saísse, e entrou no tanque cobrindo-o de novo com a lona. Lá dentro era úmido e fresco. Seguro. Só nessa altura percebeu que não comia nada há mais de trinta e seis horas. A guerra sossegara. Alguém numa casa próxima devia ter colocado um rádio no quintal. Nat King Cole continuava a cantar.

"Since you went away.
The days grow long,
And soon I'll hear old winter's song.
But I miss you most of all, my darling,
When autumn leaves start to fall."

No silêncio súbito os versos de Jacques Prévert pareciam fitas de seda flutuando na escuridão. Euclides escutou vozes. Um grupo de homens entrara no quintal.
— Vê se tem alguém no tanque.
Era a mesma voz que ouvira há pouco, do outro lado do muro — onde ficara Bartolomeu Catiavala. Uma voz assim não precisava de corpo para existir. Amarga. Roída por uma tristeza sem remissão. Aquela voz atormentara, perseguira, arrancara confissões. E de repente Euclides soube a quem pertencia. Vira-o quinze anos antes, sentado numa mesa à sua frente, segurando um cigarro entre o polegar e o dedo médio, enquanto o interrogava, o perseguia, o atormentava. Um sujeito pálido, miúdo, sempre com os cabelos desalinhados e uma barba de três dias; quem o encontrasse pela primeira vez poderia julgar que o haviam arrancado da cama, à força, dez minutos antes. Qual era o nome dele?

— Não vale a pena, camarada. Não tem homem que caiba ali dentro...

— Um homem acossado cabe em qualquer lugar. Vê!

E depois uma rajada. No último verso: *"When autumn leaves start to fall."* Quando as folhas do outono começam a cair. Um grito:

— Porra, a minha perna! Quem foi o imbecil que disparou?

O silêncio escuro. Um útero. Euclides sentiu que as lágrimas lhe corriam pelo rosto. Um útero de mãe – aquele tanque de lavar roupa. Ficou ali até de madrugada repetindo baixinho:

mãe, mãe, mãe.

Vagina dentata

Rio de Janeiro, Jardim Botânico, apartamento de Anastácia Hadock Lobo, quatro horas da madrugada

(talvez o princípio de uma estranha estória de amor)

A osga estuda-a com os seus olhos oblongos. Ela tenta de novo: croque! O animal estremece, acena repetidas vezes com a cabeça e depois foge. Anastácia volta a estender-se na cama. Nesse momento escuta lá fora um tropel apressado, gritos. Levanta-se, sai do quarto, passa para a sala e espreita pela janela. Vê um homem a correr e atrás dele, dobrando a esquina, dois sujeitos armados com pistolas. O homem para junto à porta do prédio. Anastácia precipita-se para o interfone:

– Entra! – , grita. – Entra logo e fecha a porta. Pega o elevador e sobe até o quarto piso.

Em doze dias era a primeira vez que falava com alguém. Não sabia porque fizera aquilo. Tinha o coração aos saltos e tremia.

Rio de Janeiro, Real Hospital Português, dezoito horas

(o caderno de Dona Felicidade)

Euclides sabe que é ele, tem de ser ele, e no entanto não consegue reconhecê-lo. O corpo seco, retorcido, deitado de lado na grande cama, sobre os lençóis muito brancos, lembra um ponto de interrogação. Distrai-se com aquela ideia, enquanto a Irmã Lúcia passa uma toalha úmida pelo rosto, o pescoço, os braços, o peito e as costas de Eusébio de Queirós Coutinho Matoso da Câmara. Ali está o homem que lhe deu o nome, o único que sabe alguma coisa sobre a sua origem – reduzido a um ponto de interrogação. A Irmã suspira:

– Um santo homem, o Padre Eusébio. Tenha paciência com ele. Ora parece muito lúcido, trata toda a gente pelo nome, fica recordando tempos antigos, sempre com muita graça, ora, no momento seguinte, como que adormece, ou entra em transe e então vê pessoas que mais ninguém consegue ver, ou ainda, e isso é o pior, sofre quizilas, amuos, sustenta teimosamente acusações absurdas.

Um ponto de interrogação. O ancião abre os olhos, de um verde-esmeralda, e estuda o jornalista. Sorri. Por breves segundos volta a ser o homem que Euclides conheceu.

– Veio ver seu padrinho?

A voz chia, aflita. Parece soprar de um velho aparelho de rádio, quase sem pilhas, mal sintonizado. Euclides não ficaria surpreso se de repente começasse a fluir da boca dele uma chuvinha elétrica, e soassem logo a seguir os acordes de um *jingle* muito antigo:

— Rádio Clube do Huambo: uma voz portuguesa em África.

— Está morto, você também, meu filho?! Há tantos mortos neste quarto. Sim, sim, eu me lembro, você morreu em 1992, não foi? Alguém me contou... A guerra em Luanda... Como os homens são cruéis.

Euclides nega com a cabeça:

— Não morri, não, padrinho. Não morro facilmente.

O velho volta a fechar os olhos. Levanta o braço num gesto fatigado e a mão magra adeja sobre os lençóis, mariposa azul esforçando-se por alçar voo.

— Vou-lhe contar uma coisa —, sussurra. — Sabe quem foi Eusébio de Queirós Coutinho Matoso da Câmara, meu avô? Ele foi Ministro da Justiça do Brasil. Lutou contra o tráfico de africanos, um homem ilustre, herói da luta contra a escravidão. Sabe onde ele nasceu? Em São Paulo da Assunção de Luanda, sim, na sua terra, era angolano. Por isso decidi partir para a África, queria reencontrar-me com as minhas raízes. Vivi mais tempo em Angola do que no Brasil, hoje nem sei bem dizer a que chão pertenço.

Euclides pergunta-lhe se ainda vivem em Angola descendentes desse primeiro Eusébio.

— Nunca encontrei nenhum —, suspira o velho, — mas nos jornais angolanos do século XIX há grande número de referências a pessoas com tal apelido. Deve haver por lá ainda alguns...

Euclides enche-se de coragem. Há quarenta anos que lhe quer fazer uma pergunta:

— Padrinho, o senhor conheceu a minha mãe?

Eusébio de Queirós Coutinho Matoso da Câmara abre muito os olhos. Uns olhos verdes como o mar nas ilhas do Pacífico dos cartazes turísticos. Um verde impossível. Gira os olhos pelo quarto, tomado de súbito assombro.

— Estou vendo a neve —, diz. — Você vê?

Euclides nunca viu neve. Recorda-se apenas da alvura fictícia dos presépios. Uma espuma seca, semelhante a creme de barbear, e que como este vinha acondicionada em pequenas latas de *spray*. Isso traz-lhe à memória os enormes presépios que alunos e padres armavam em conjunto na Casa dos Rapazes. As figuras em barro: o Menino, a Virgem, São José, os reis magos, a vaca, o burrinho e, espalhados por redondas colinas cobertas de musgo, guerreiros romanos, pastores e índios, leões, tigres, muitos outros animais selvagens. O mar, recortado em cartolina, ondulava ao longe, em último plano, movido por um mecanismo elétrico de correntes e roldanas. Ao longo do dia o sol erguia-se devagar no horizonte. À noite acendiam-se estrelas. As escolas da cidade organizavam excursões para admirar a obra. A ele fascinava-o sobretudo a figura de Baltazar, o rei negro, atravessando desertos sobre o dorso de um camelo para levar ao deus menino a mirra perfumada. Um dia atrevera-se a perguntar a Padre Eusébio, seu padrinho, o motivo porque não havia no presépio anjos negros e mulatos. Eusébio de Queirós Coutinho Matoso da Câmara levara a sério a observação da criança.

— Você tem razão, garoto, por que não havemos de ter anjos pretos? Afinal, estamos em África.

No ano seguinte, orientados pelo sacerdote brasileiro, os rapazes ergueram um presépio no qual a maioria dos personagens era de cor escura – incluindo Jesus Cristo. A ousadia trouxe problemas ao padre. Poucos meses depois, pressionado pelas autoridades portuguesas, pelos colonos e sobretudo pelos seus superiores, regressou ao Brasil.
– Meu Deus! Veja, tanta brancura, a neve cobrindo tudo!

Talvez fosse verdade o que lhe diziam os colegas, perseguindo-o pelo pátio, aos berros, com a crueldade inocente das crianças,

"anão, cabeça de melão, tua mãe é Dona Felicidade",
à noite, no dormitório,

"anão, cabeça de melão, tua mãe é Dona Felicidade",
e mesmo durante as aulas, sempre que o padre se ausentava uns momentos,

"anão, cabeça de melão, tua mãe é Dona Felicidade."
Até nos seus sonhos o importunavam.

Dona Felicidade mendigava moedas e beatas às portas do Cinema Ruacaná. Era uma mulherzinha minúscula, rosto duro, dedos ágeis, que jamais abriu a boca para dizer fosse o que fosse. Em contrapartida escrevia muito. Passava os dias agarrada a pedacinhos de carvão, desenhando nas paredes do cinema, pelos muros da cidade, laboriosos oráculos, terríveis maldições em umbundo, que, apesar de públicas, alcançaram a muito poucos. Dona Felicidade morreu cinco dias antes da Independência. Na manhã seguinte Euclides foi pelas ruas, com uma caneta e um caderno de capa roxa, recolher o seu testamento solitário. Nunca mais se separou desse caderno. Relê-o às vezes, sobretudo em momentos de incerteza, com o falso ceticismo, a mesma secreta ansiedade, com que um descrente indaga a Bíblia. Busca no discurso hermético de Dona Felicidade, que tentou traduzir para português, sinais capazes de o ajudar a entender a vida. Naquela noite, de regresso à pensão, abre o caderno ao acaso e encontra uma frase sobre a neve: *"após o fogo, depois da fuga, a neve: imensidão. Então terás a paz!"* Fecha o caderno e deita-se. Adormece e vê a neve.

Rio de Janeiro, Aeroporto do Galeão, quinze horas/ Restaurante Yoruba, cerca das vinte e uma horas

(negros fantasiados de negros)

"Basta um passo para sair do Rio e entrar em Luanda", gosta de dizer Francisco Palmares. "Cruza-se a porta do Aeroporto do Galeão, nas tardes de domingo, e estamos no Roque Santeiro."

Gente carregando caixas, malas, pacotes; trocando abraços aos gritos. Mulheres gordas, de pele lisa e resplandecente, embrulhadas em belos panos do Congo. Jovens de cabeça rapada, óculos espelhados, calças largas, camisas de fantasia. Francisco fica com a sensação de que o domingo brota dali, como um rio, para se espalhar depois pela cidade. Um rapaz gordo atravessa-se no seu caminho.

– Coronel?...

Francisco reconhece-o.

– És o filho do Pontaria, não és? O Caçula? O que fazes aqui?

O rapaz olha-o amedrontado:

– Desertei, chefe, não podia mais. Bazei. O paizinho vendeu a casa, pediu dinheiro emprestado aos parentes, ofereceu-me o bilhete e assim me salvou.

Chegara ao Brasil há cinco meses. Trabalhara um tempo na construção civil, sem grande entusiasmo:

— Pratiquei muito ténis de parede, o mais-velho entende o que quero dizer? Passei muito tempo a jogar cimento nos muros.

Concluiu que aquilo não era desporto para alguém como ele, com o liceu completo e alguma ambição. Agora comprava sapatos baratos nas fábricas e despachava-os para Luanda onde os vendia pelo triplo do preço. Pagavam-lhe em dólares. Não ganhava muito mas sobrevivia.

— Estou na Vila do João, aqui perto, no Complexo da Maré. Partilho uma casa com mais seis cambas, pagamos duzentos e cinquenta reais pelo cubículo, e com o que sobra compramos arroz e feijão.

O coronel abre a carteira e estende-lhe três notas de cem dólares:

— Toma. Deves precisar...

Entrega-lhe também um cartão com o seu número de telefone. Promete que passará no sábado seguinte pela Vila do João para conhecer os outros rapazes e beber uma cerveja (sabe de antemão que não irá). O jovem afasta-se. Francisco Palmares puxa do bolso o velho relógio de prata que lhe deu a avó, Violeta Rosa, no seu leito de morte. O avião já devia ter pousado. Há quantos anos não vê Monte? O velho agente quase perdeu a perna esquerda nos confrontos de 1992, atravessou uma grave depressão e fez-se poeta. Trabalha agora como assessor de imprensa na Presidência da República. Escreve os discursos do Presidente. Vem ao Brasil com outros dois poetas para participar num encontro de escritores de língua portuguesa.

Francisco repara num sujeito mestiço junto à porta de saída dos passageiros, longo bubu nigeriano, colares de miçangas ao pescoço, barrete colorido na cabeça. No dia seguinte descrevê-lo-á a Euclides:

— Um muadié fantasiado de africano.

Segura um cartaz: I Encontro de Escritores Negros de Língua Portuguesa. O coronel sorri – vai ter uma surpresa desagradável quando Monte lhe estender a mão. O sorriso transforma-se numa gargalhada quando vê quem são os outros escritores. Um, de compridas barbas brancas, rosto vermelho, ventre insuflado como o de um baiacu, nasceu em Portugal. O outro, natural do Lubango, neto de bôeres, alto e louro – lembra um viquingue. Estão os três de fato azul e gravata, apesar do calor, tão fúnebres e compostos como mórmones. O viquingue estende a mão ao mulato fantasiado de africano. Este abana a cabeça:

— Deve haver engano, senhor, estou esperando três escritores angolanos.

— Precisamente. Somos nós.

O brasileiro não sabe como exprimir a indignação que quase o sufoca. Esbraveja:

— Os senhores?! Os senhores não estão parecendo africanos!...

— A sério? Você também não parece índio e no entanto presumo que seja brasileiro.

— O que eu quero dizer é que os senhores não estão vestidos como africanos.

— E o camarada? Onde deixou as penas? O cocar de penas? Esqueceu-se dele em casa? E a zarabatana, ao menos uma zarabatana... Não concebo um índio sem uma zarabatana na mão.

Uma mulher vem correndo, grita – Antônio! – e abraça-se ao baiacu. Francisco Palmares lembra-se dos versos de Antônio Risério:

*"Chega Oiá-Iansã.
Onde ela está, o fogo aflora.
Mulher que olha como se quebrasse cabaças.
Oiá, os teus inimigos te viram e espavoridos fugiram.
Temo somente a ti, vento da morte.
Guerreira que carrega arma de fogo.
Fêmea que flana feito fulani."*

Viu-a por diversas vezes na televisão. Costumam chamá-la para participar em debates sobre questões raciais. Ferve em pouca água. A cabeleira farta, começando a ficar grisalha, cai-lhe em cascata sobre os ombros, mas não é isso, ao contrário do que julgam os incautos, que lhe dá a fereza das leoas e sim os olhos, brasas vivas que lança contra os adversários e os cega. Veste calças de ganga e uma camiseta com o busto de Nelson Mandela. A sua chegada serena os ânimos, tão rapidamente quanto uma chuvada súbita extingue um incêndio. O coronel aproxima-se e abraça Monte. Estranha vê-lo com tão bom aspecto, o cabelo curto, penteado para trás, o rosto barbeado.

– Aburguesaste-te?

Monte ri-se. Beija-o no rosto. Francisco cumprimenta os outros. O Baiacu, apresenta-o à mulher:

– Bárbara Velho, do Movimento Negro. Francisco Palmares, antigo combatente, agora empresário. Trocou a nossa bela capital pelo Rio de Janeiro.

Bárbara estende-lhe a mão:

– Fez bem. Precisamos de combatentes no Brasil, ainda que sejam antigos.

Convida-o para jantar com eles nessa noite. O Movimento Negro quer prestar uma homenagem aos camaradas angolanos. Se está aborrecida por lhe terem vendido gato por lebre não o demonstra. Agora, contudo, enquanto saboreiam a culinária baiana, quer saber se Francisco também escreve:

— Na pátria de Agostinho Neto, segundo me disseram, toda a gente escreve.

O coronel engasga-se. Não, ele nunca se atrevera a isso. Bárbara agita a juba esplêndida num gesto de desânimo:

— Que pena. Os companheiros vão sentir-se defraudados. Você sabe, a maioria dos brasileiros não imagina que possa haver angolanos brancos.

Alguns angolanos também não. Francisco Palmares pensa em dizer-lhe isto, mas fica em silêncio. Uma noite, em Luanda, um polícia fez-lhe sinal para encostar o carro. Exigiu-lhe os documentos e depois, não satisfeito, quis ver também os de Monte, que seguia ao seu lado. Quando este lhe estendeu a carteira de identidade começou a rir:

— Você comprou isto no Roque Santeiro, mais-velho? Agora os brancos já têm documentos nacionais?

O Grande Inquisidor não se irritou:

— Desculpe –, respondeu docemente, e se não estivesse tão escuro Francisco Palmares teria jurado que sorria. – Foi um equívoco. Um lamentável equívoco histórico.

O coronel gostou da fórmula. Costumavam repeti-la os dois em ocasiões apropriadas. Havia sempre ocasiões apropriadas. Aquela por exemplo:

— Foi um equívoco. Um lamentável equívoco histórico.

Monte, no extremo oposto da mesa, solta uma gargalhada turva, miúda, mas ninguém procura saber o que esconde a frase. O poeta Baiacu come com rancor, a cabeça enfiada numa moqueca de peixe, evitando olhar os outros.

O loiro Viquingue discursa, voltado para Jorge Velho, contra a forma como a polícia brasileira trata os negros. Esforça-se por irritar o delegado mas fá-lo com tal ingenuidade que ao invés disso o diverte. O marido de Bárbara foi há pouco nomeado chefe da polícia civil do Rio de Janeiro, uma enorme surpresa para a esquerda, um escândalo para a direita, pois ninguém na cidade ignora as ganas com que se bate contra os setores corruptos da polícia, a paixão com que defende a justiça, os muitos anos de militância nos movimentos de defesa dos direitos humanos. Se a esposa, Bárbara, lembra imediatamente Oiá-Iansã, Jorge Velho não tem à primeira vista muito a ver com Xangô: plácido, de barbas brancas, rosto simpático, raramente levanta a voz, dirigindo-se a toda a gente com uma delicadeza de seminarista tímido. É capaz, porém, de estupendas iras e nessas alturas, sim, lança raios e trovões.

Os outros convidados, cinco escritores, todos mais ou menos negros, e o mulato fantasiado de africano, conversam entre si em voz baixa, atirando de vez em quando olhares suspeitosos na direção dos angolanos. Brasileiros e africanos estão ao redor da mesa como irmãos desavindos em torno do cadáver do pai.

– Teria sido pior se fosse um congresso de escritoras negras –, comentou Euclides mais tarde, entre gargalhadas, ao saber do caso: – assim só erraram a raça.

Isso foi mais tarde. Naquela noite Francisco Palmares não sente vontade de rir. Olha o chão coberto por folhas de pitangueira. Ignora o motivo porque as colocaram ali mas imagina que se trate de uma qualquer tradição religiosa afro-brasileira. O cheiro áspero traz-lhe à memória a imagem da avó, Violeta Rosa, vestida com panos negros de viúva, a última autêntica beçangana de Luanda. A velha gostava de ficar à sombra roxa do caramanchão, junto ao muro onde cresciam paus selvagens de pitangas, pedalando na sua bela máquina Singer. Ele, Francisco, um menino tímido, sentava-se no chão, junto dela, e adormecia embalado pelo fresco zumbido da máquina.

Rio de Janeiro, Hotel Glória, noite fechada

(as flores do coronel)

Francisco Palmares fecha os olhos e volta a vê-la como a viu pela primeira vez. Achou-a bela? Sim, à maneira feroz de Frida Khalo. Vê-a descendo as escadas, a cabeleira presa com elegância no alto da cabeça, o vestido de seda, negro, debruado a ouro, colado ao corpo esguio, brilhando intensamente sob a luz dos lustres. Aproximou-se dela sabendo muito bem que não o devia fazer:
— Posso apresentar-me?
Monte, ao seu lado, num sussurro.
— Porra, rapaz! Tem juízo! É a Princesa!
E ela:
— Não me conhece?
Voltaria a fazer o mesmo, hoje, embora sabendo o triste desfecho da história. Abre os olhos e vê o rosto adormecido de Florzinha. Dois nomes iguais para destinos tão diversos. A mulher que dorme ao seu lado nasceu em Cachoeira, pequena cidade no recôncavo baiano. Francisco passou por lá, um pouco à deriva, vai para dois anos. Pode imaginar o que foi a infância dela: correrias pelas ruas poeirentas, entre os velhos sobrados em ruínas, de pés descalços, gretados, levantando papagaios de papel. Os bailes aos sábados, na adolescência, em casas de re-

boco e chão de terra batida. O primeiro beijo atrás do muro da escola. A procissão de Nossa Senhora da Boa Morte, à noite, em homenagem aos eguns, os espíritos dos antepassados. Talvez Florzinha ajudasse a mãe a vestir a saia preta, plissada, e logo a esplêndida camisa de crioula, muito branca, o pano da costa, os pesados colares de contas com as cores dos orixás. Certamente ajudava a preparar a feijoada para o domingo, o cozido para a segunda-feira, o caruru e o munguzá para terça. Francisco gosta de munguzá, milho cozido em caldo açucarado, com leite de coco, cravo e canela. Sente fome.

— Diz-me uma coisa, negra, a tua mãe pertencia à Irmandade da Boa Morte?

Florzinha solta um queixume, suspira, volta-se para o outro lado:

— Tá maluco, Chico? Minha mãe era evangélica, não queria nem ouvir falar nesse negócio de candomblé.

Francisco pousa a mão esquerda na cintura dela e sobe pela anca devagar, respirando o calor que se solta do seu corpo firme.

— Tu sabes fazer munguzá?

A jovem irrita-se:

— E mulher de amor lá sabe cozinhar, Francisco? Tá certo, você é o meu melhor cliente, paga bem, quer que eu fique a noite inteira e eu fico. Mas não sou paga para bater papo, isso não. Se você quer bater papo, vá procurar um psicanalista. Fica até mais barato.

Francisco descai a mão, desce um pouco mais, progride em direção à fonte do calor. Aquilo lembra-lhe um jogo de crianças. Um dos jogadores esconde um objeto e vai depois orientando os outros:

— Muito gelado, gelado, agora aqueceu um pouco, frio, morno, quente, sim, a ferver, estás quase lá.
Ele estava quase lá. Florzinha geme.
— Não faz isso, Chico. Não gosto que você faça isso.
Senta-se na cama:
— Odeio os homens que querem me dar prazer. Sou puta, entendeu? Meu ofício é fazer um cara gozar. Estou nisto por dinheiro.
Chora sem fazer ruído. Francisco não compreende o que se passa. Abraça-a. Ela solta-se com fúria:
— Meu pai era popular em Cachoeira. Foi vereador. Sempre me mimou muito, tive do bom e do melhor. Aos quatorze anos ganhei um carro. Tinha quinze quando minha mãe morreu. Logo depois papai faliu, saiu de casa, desapareceu, e eu tive de procurar emprego para sustentar os meus irmãos. Ganhava uma miséria, pouco, muito pouco, para aquilo que estava acostumada a gastar. O pior para mim era ter de tomar ônibus, sabe? Ficar ali sentada, em meio ao cheiro ruim do povo. Então meu patrão começou a me cantar, a me oferecer presentes e dinheiro. Resisti durante algum tempo. Até que ele prometeu me dar um Corsa Sedan. Saímos juntos, ganhei o carro e virei sua amante. Depois comecei a fazer programas com amigos dele. Uma noite saí com um cliente e descobri que o infeliz conhecia meu pai. Achei melhor trabalhar longe de casa. Me mudei para aqui, onde também posso ganhar mais dinheiro.
Olha-o com raiva:
— Gostou? Essa é a minha vida.
Francisco segura-lhe o rosto e beija-a nos lábios. Florzinha esbofeteia-o:
— Quer saber? Acho todos os homens uns babacas.

Morro de rir quando você vem com aquele papo idiota, –engrossa a voz e fala com exagerado sotaque português, –*"ah, minha negra, é tão ruim pagar, fica parecendo tão comercial!"* Meu Deus, Chico, isto que eu faço é puro comércio. Olha, para dizer a verdade, saio do hotel dando risada da tua cara.

Ri. Uma gargalhada ácida, convulsa, que arranha o silêncio da noite como um pau de giz num quadro negro. Francisco preferia vê-la chorar. Abraça-a de novo e desta vez Florzinha não o rejeita. Ele afaga-lhe os seios, distraído, e no mesmo instante lembra-se da outra. A filha do Velho tem a pele escura. Quem se atreve a chegar suficientemente perto, porém, descobre nos olhos dela a luz fria dos céus de Berlim.

– Ao longe pareces angolana –, dizia-lhe ele, debruçado sobre aquele azul furtivo, – mas daqui, tão próximo, vejo que és alemã.

A Primeira Filha, como é chamada com ironia por amigos e inimigos, não gosta que lhe lembrem a herança materna (uma vez mandou espancar um jornalista, demasiado ingênuo, que num artigo se referiu a ela como a alemãzinha). Agarrava-o pelas orelhas, gritava-lhe:

– Queres que te mostre a força do meu sangue africano?

Entregava-se ao amor com ritmo, com fogo e uma alegria feroz, deixando-o exausto e derrotado ao fim do primeiro embate. Francisco Palmares beija o pescoço de Florzinha, a puta, fecha os olhos e vê de novo a alemãzinha, bela como uma flor carnívora, dançando com o pai na festa da independência. A música termina, ela dá a mão ao Presidente, arrasta-o até junto dele, apresenta-o:

– Este –, diz, – é o meu escravo.

O Presidente não se ri. Estende-lhe a mão:

— Tenha cuidado com ela.
Na altura Francisco não compreende se aquilo é uma ameaça ou um alerta. Brinca:
— O teu pai sabe que és perigosa.
Florzinha desengana-o:
— Trata-me como se eu fosse ainda uma criança. Gostaria de fuzilar todos os homens que dormem comigo. Nunca me faças mal. Não penses sequer em fazer-me mal. Ele acabaria por saber e a partir dessa altura, pobrezinho, não durarias muito.
Francisco pensa nisto e sente uma grande angústia. Florzinha, a puta, abraça-o por detrás, apoia o queixo no seu ombro, sussurra:
— Estou pensando em casar com você, sabia?

(um pesadelo)

O cheiro do capim a arder.
— Isto não é perigoso, major?
O outro grita qualquer coisa que ele não consegue perceber. Vê a boca à sua frente desenhar as palavras, como num filme mudo, mas o ruído do motor abafa tudo. Rufo tem uma carapinha ruiva, a barba em chamas, os olhos vermelhos da liamba. Encosta a boca ao seu ouvido:
— O horror! O horror!
O fogo propaga-se ao horizonte, galga o céu. Nuvens ardem. Francisco sacode as fagulhas do cabelo. O helicóptero parece um pequeno bote à deriva num encapelado mar de chamas. Rufo agarra o prisioneiro pelos cabelos. É um rapaz magro, uma criança aflita, e lança-o pela porta.

O menino não cai. Ao contrário, flutua durante breves segundos, acompanhando o helicóptero, bate as asas com força e desaparece entre as nuvens. O general continua a lançar prisioneiros pela porta. Eles abrem as asas, soltam uma gargalhada áspera, e voam. Francisco puxa a pistola e dispara dois tiros contra o peito de Rufo.

Acorda aos gritos. Florzinha olha-o:

— Isto não pode continuar assim.

O coronel ignora-a. Levanta-se, dá três passos, entra na casa de banho, abre a torneira do lavatório e mergulha a cabeça na água fresca. Murmura:

— É por causa do ar-condicionado.

Florzinha está de pé, nua, ao lado dele.

— O ar-condicionado?

Ele podia tentar explicar-se: o zumbido do ar-condicionado, sim, as hélices de um helicóptero. Teria de explicar muita coisa. Prefere não dizer nada. Veste uma camiseta vermelha, justa, calças pretas, sapatos de cor grená. Rosa, a tarântula, devora um gafanhoto. Francisco debruça-se curi-oso sobre a caixa de cristal. As aranhas não comem as presas — bebem-nas. Elas injetam no corpo das vítimas um veneno paralisante. Produzem também enzimas capazes de liquefazer por completo os órgãos internos dos insetos que caem nas suas teias. Os fluidos resultantes são sugados e digeridos depois por um estômago poderoso.

— Vou sair. Podes esperar por mim?

A mulher aponta para o relógio:

— Tá louco? São quatro da madrugada.

Ele abre a porta:

— Vou sair. Se esperares por mim tomamos juntos o mata-bicho, quero dizer, o café da manhã.

Florzinha grita.

— Não! Não quero ficar sozinha aqui com esse inseto horroroso!

Francisco Palmares sai para o corredor. As aranhas não são insetos. Insetos têm seis patas. As aranhas possuem oito patas e são aracnídeos, como os ácaros e os escorpiões. O fulgor das paredes lá fora, no pátio, iluminadas por pequenos holofotes, imensamente brancas, de uma brancura exagerada pelo contraste com o negrume da noite, quase o encandeia. Atravessa todo o corredor como se flutuasse. Deve ser isto que acontece quando morremos — pensa. Um longo corredor iluminado que se desdobra e multiplica à medida que cresce o esplendor. As ruas junto ao hotel estão desertas. Um pouco à frente cruza-se com uma mulher de pernas esguias, intermináveis, saia curtíssima. Ao vê-lo ela abre a blusa e mostra-lhe os seios. São tão altos, tão perfeitos, que não podem ser autênticos.

— Quer apalpar, meu príncipe? — Pergunta. — Não paga nada por isso.

Talvez nem sequer seja uma mulher. Francisco Palmares escuta outra vez o motor do helicóptero. Cheira as mãos. Cheiram a fumo. Apressa o passo. Quer fugir — mas como se escapa da própria memória? Se tivesse atirado em Rufo, à semelhança do que acontecera no pesadelo, talvez conseguisse agora dormir em paz. Pensa em Florzinha, na autêntica, e isso faz com que se sinta ainda pior. Caminha um bom pedaço até alcançar a praia. Senta-se na areia. Uma luz de seda sobe do mar. Três cavalos passam galopando à sua frente e ele não é capaz de dizer se os está sonhando ou se são reais. Um negro velho, em bermudas, senta-se ao seu lado. É um homem alto e elegante, barba grisalha, olhos iluminados. Acende um cigarro. Puxa o fumo com vagar.

– Ele vem sempre a esta hora –, diz. – O sol. Nunca me fez esperar.

Passa-lhe o cigarro. O coronel agradece.

– O que você sabe sobre o esquecimento, mais-velho? Há muitos exercícios para melhorar a memória, há até medicamentos, mas ninguém nos ensina a esquecer. Como alguém faz para esquecer?

O outro solta um riso manso.

– Tu não é daqui, certo? Tu não é brasileiro. Pela figura deve ser africano. – Suspira. – Minha avó era africana. Ela sempre me dizia que nunca se esquecem as lições aprendidas na dor. Veja isso assim, como uma lição.

Francisco Palmares leva a mão esquerda aos olhos para se proteger dos primeiros raios de sol. Quando a retira o velho já não está lá. Termina de fumar o cigarro e levanta-se. Sorri. Agora recebe conselhos de um fantasma. Conselhos e cigarros. Podia ser pior. Monte costumava sonhar com um guerrilheiro ao qual cortara a cabeça. O homem aparecia-lhe no quarto de dormir com a cabeça debaixo do braço.

– Dá licença, chefe?

Perguntava – era sempre muito delicado – e colocava a cabeça na almofada. Ouvira-o contar aquilo na Biker depois de vários uísques. Monte não achava que fosse um sonho.

– Não o posso matar –, chorava. – Não sei como se mata um morto.

Rio de Janeiro, Morro da Barriga, quinze horas

(o perigoso país de Jararaca)

O mar entalado entre duas pedras enormes, tão longe dali quanto o céu – ou a esperança. O casario rolando num desconcerto ao longo das colinas batidas pelo sol.
– Meu país.
Jararaca lança um largo gesto sobre o caos:
– O Morro da Barriga.
Euclides sente uma vertigem. Barracos de tijolo exposto. Placas de betão. Depósitos de água. Antenas parabólicas. Bolsões de verde. Ruelas que caem bruscas, quase a pique, ziguezagueando entre o casario. A umidade que se enrosca ao corpo como um cachorro triste. O rumor duro, permanente, de milhares de pessoas acossadas. E no entanto não há uma ponta de ironia na voz do traficante. Leva-o a ver a casa. Dois pisos. Em baixo uma sala comum, em cima três quartinhos. Terraço. O banheiro fica no pátio. O melhor, aliás, é o pátio: cinco metros por três de terra vermelha à sombra fresca de uma mangueira. Duas cadeiras, uma mesinha, um sofá de couro coberto por plástico. Euclides senta-se no sofá e Bartolomeu Catiavala numa das cadeiras. Jararaca reaparece com uma garrafa de guaraná e copos.
– Nasci aqui, mas meus pais vieram de Olinda, em Pernambuco, cidade bonita, você conhece?

Na parede um pôster de Che Guevara.
– Ele também não gostava dos ricos.
Euclides quer saber se existe tensão racial no Brasil.
– Aqui na favela vi sobretudo negros. Há uma fratura social que coincide com a cor da pele. Por que os negros não se revoltam? Esta gente é sempre assim tão pacífica?
Jararaca olha-o com enfado:
– O negro no Brasil não é pacífico, mano, é pior, é adestrado. Sacou? Cachorro adestrado!
– Você se considera negro?
– Eu? Sou pardo, não é?! Moreno escuro.
Euclides acha que a estratificação racial serve os interesses da burguesia branca. É preciso que o povo tome consciência, ali na favela, em todas as favelas, de que existe um sistema de segregação racial no Brasil.
– Sabe qual a diferença entre Angola e o Brasil? Ambos são países independentes, sim, mas ao contrário de Angola o Brasil nunca foi descolonizado. Um príncipe português proclamou a independência do Brasil e desde então os brancos nunca mais abandonaram o poder. Onde estão os negros? Onde estão os índios? Veja bem: em mais de quinhentos deputados apenas onze não são brancos.
Jararaca escuta-o distraído.
– Sei, portuga. E daí?
Euclides respira fundo:
– Não sou português, senhor Jararaca, sou angolano.
– Português, japonês, angolano, é tudo a mesma raça.
O jornalista perde a paciência:
– Quer saber? Duvido que você esteja muito interessado na situação dos pobres e dos pretos deste país. Desconfio

que o que lhe interessa é apenas o dinheiro, certo? Isso da revolução é conversa para boi dormir.

Bartolomeu Catiavala intervém assustado:

— Não se aborreça, maninho. Este nosso amigo sempre foi muito irreverente...

O traficante não parece aborrecido. Assobia e no mesmo instante um garoto magro espreita à porta. Segue-o por toda a parte, na favela, curvado ao peso de uma G3.

— Luís Mansidão me faz um favor, manda o Jacaré vir aqui.

O menino parte a correr. Regressa pouco depois na companhia de um moço alto, soturno, com uma pesada cabeleira rastafári. Jararaca saúda-o com um leve toque de dedos:

— E aí, meu irmão?!

— Beleza, chefe.

— Canta para eles aquele teu rap, "Preto de Nascença", tá ligado?

Jacaré começa imediatamente a sacudir o corpo ao mesmo tempo que declama:

"Era um preto com alma de branco
dizia a tudo, sim doutor, está muito certo doutor
só queria trabalhar
mas exigiam boa aparência
sim, doutor, está certo doutor
(ele tinha uma infinita paciência).
Era um preto que sabia o seu lugar
sim doutor, sim doutor
seu filho em casa de barriga vazia

e ele: sim doutor, está certo doutor
sua mulher morreu de bala perdida
e ele: é a vida doutor, esta nossa vida
seu pai morreu de bebida
e ele sempre: sim, doutor, está certo doutor
seu filho morreu de fome
e então um dia o crioulo endoidou
mudou de atitude, mudou de nome
chega de tanta dor
agora sou Zumbi, sou Xangô, sou Lampião
agora sei qual é o meu lugar
sim, doutor, é no meio dessa briga
meu lugar é no Morro da Barriga.
E se você é o elefante e eu sou a formiga
ainda assim deixe que lhe diga
não tenho medo
perdi o medo
sou preto, sim, conheço minha cor
a cor do seu medo, doutor
mas minha alma é verde azul anil
conheço meu lugar
esta terra adorada
entre outras mil, és tu, Brasil,
Ó Pátria amada! Dos filhos deste solo mãe gentil,
Pátria amada, meu Brasil."

Jacaré sacode o suor do rosto, senta-se no chão, pede uma Coca-Cola. Jararaca faz sinal a Luís Mansidão para que traga a garrafa. Sorri para Euclides:
— Gostou?
O jornalista está impressionado:

— Os versos são ruins –, diz. – As rimas um desastre. Mas a mensagem parece-me forte, muito forte na verdade, não esperava por isso.

Jararaca explica que os últimos versos pertencem ao hino nacional. Acha que os burgueses vão ficar chocados quando escutarem aquilo. Jacaré, revela, está a gravar um disco com o apoio do movimento.

— Você tem de assistir uma destas noites a um baile *funk*, aqui no Morro da Barriga. Ouviu falar? Nunca?! Não é um bate-coxa, não, mano, tente imaginar outra coisa: uma missa negra, uma celebração da fúria da raça, tá ligado?

Os olhos dele brilham como a lâmina de uma faca:

— A revolução preparando o salto!

Talvez seja sincero. Isso, a Euclides, parece ainda mais improvável. Ao sair repara numa pequena estante, na sala, cheia de livros. Sobe em um banco e lê alguns títulos. *Ficções,* de Jorge Luís Borges. *O amor nos tempos do cólera*, de Gabriel García Márquez. *Zumbi*, de Joel Rufino dos Santos. *Estação Carandiru*, de Drauzio Varella. *Cidade de Deus*, de Paulo Lins. *O processo*, de Kafka. *O estrangeiro*, de Camus. Salta do banco perplexo.

— Você leu isto tudo?

Jararaca parece esperar a pergunta.

— Tudo não, mano, mas os livros são muito úteis. Os tiras entram no barraco, olham os livros e vão embora. Eles acham que bandido é burro. Lugar onde tem livros não deve ter bandido. Mandei colocar estantes com livros em todos as casas onde armazenamos armas e outro material. Dá sempre certo, tá ligado?!

Os olhos faíscam de troça.

— Vamos –, ordena. – Quero que vejam o Centro Cultural.

Descem aos saltos por uma viela torta. Euclides repara que há homens armados nos terraços das casas. Alguns exibem uma metralhadora numa das mãos e um telefone na outra. Adolescentes quase todos. As ruas ficam mais largas e menos íngremes à medida que descem. Cresce o alvoroço. Uma mulher grávida coloca-se diante de Jararaca, levanta a blusa e pede ao traficante para lhe beijar a barriga, por favor, pois assim a criança nascerá forte e corajosa. Meninos fazem com os dedos o V da vitória. Euclides estranha:

— Qual vitória?

— Não é vitória, não doutor –, contesta Luís Mansidão, — eles fazem o C com uma das mãos e o V com a outra. Comando Vermelho.

Uma moça, os seios empinados furando a blusa, atira-lhe um beijo. O bandido cumprimenta a todos pelo nome, por vezes detém-se, recolhe queixas, troca impressões. Finalmente alcançam uma praça inundada de sol. Num dos cantos um homem anuncia, aos gritos, em ritmo de *rap*:

"Pó de três, pó de cinco, pó de dez.
Tem do branco e tem do preto.
Respeita a fila, respeita a vez.
Tem para o mano e tem para a mana.
Olha o pó mais barato que a banana."

Uma fila de gente forma-se diante dele. Rapazes pobres, provavelmente dali mesmo, mas também sujeitos de fato e gravata, olhos presos aos sapatos bem engraxados. Luís Mansidão explica o processo:

— O freguês recebe o pó em saquinhos, os sacolés... Para a maconha tem as trouxinhas. Com uma trouxinha de um real tu enrola um baseado. Um sacolé de um real, menos de uma grama, dá para uma carreirinha, sacou?

— E a polícia? — Jararaca, cinco passos à frente, ri com gosto.

— Os tiras? Pode ser que a gente esbarre com algum. Eles só sobem ao morro para receber a grana a que têm direito. Bom, direito eles não têm não, a gente aceita isso para evitar problemas. Eu, sinceramente, acho uma exploração.

Detém-se em frente a um pequeno edifício cor-de--rosa. Uma faixa anuncia: Centro Cultural 23 de Julho. Euclides pergunta a razão do nome. Mansidão brande a G3 indignado:

— Qual é, doutor? Tu não sabe?! Nesse dia, em 1993, policiais militares mataram oito meninos de rua na frente da Igreja da Candelária.

Ainda deslumbrado pela forte luz que cai na rua, Euclides não distingue imediatamente o interior da sala. Vê primeiro uma mulher pálida, bonita, que avança na sua direção com a leveza de uma ave, e só depois as crianças sentadas em bancos corridos.

— Essa é a doutora Anastácia –, sussurra Mansidão ao ouvido de Euclides, – a mulher do chefe.

Jararaca faz as apresentações formais. Anastácia olha-o com simpatia.

— Entre, a casa é sua.

Àquela hora, todos os domingos, dá aulas de história da arte aos garotos da favela. Antes de a interromperem, por exemplo, falava sobre Picasso. Euclides não sabe o que mais admirar: se o fato de encontrar num lugar como aquele garotos discutindo o gênio de Picasso, se o leve andar da professora.

"Esta mulher" –, anotou mais tarde no seu diário, – "despiu o corpo como se fosse um vestido, guardou-o num armário, e agora passeia-se pelo mundo com a alma nua."

Isso era algo que ele ambicionava.

Rio de Janeiro, Praia de Ipanema, Posto Nove, onze horas

(os homens sem rosto)

Não tinham rosto. Alguns mostravam um largo sorriso de caveira, o claro marfim dos dentes iluminando a carne dilacerada, buracos fundos no lugar dos olhos. Outros nem sorriso possuíam – tudo o que neles houvera de humano fora arrancado numa fração de segundo pela explosão da mina. Euclides evitava erguer a vista. Circulava por entre as carteiras e o que via eram pernas, sapatos; calças puídas mas limpas, sapatos muito gastos, e no entanto engraxados, brilhando como se fossem novos. Alguns daqueles homens só tinham um sapato. O que fariam com o que não era necessário? Talvez comprassem o par juntamente com outro mutilado. O tipo que havia perdido o pé direito procurava alguém que ficara sem o esquerdo e iam juntos comprar sapatos.

Euclides odiava as minas. Mina: *Engenho de guerra camuflado, ou escondido, que contém matérias explosivas e se destina a destruir baluartes, trincheiras, indivíduos, etc.* (Dicionário Aurélio). Há quem arme as minas de forma a ludibriar e ferir os sapadores. É possível, por exemplo, prender uma granada à base da mina; o sapador desarma a mina, respira fundo, "uma a menos", puxa-a, e com esse gesto arranca sem se aperceber a cavilha da granada... um... dois ... três...

.... Pum!
Há outras minas que sofrem de fotofobia. Fingem-se de mortas enquanto estão enterradas. Expostas à luz (basta por vezes a leve alvura do luar) logo despertam. Um... dois... três...
... Pum!
Euclides lembra-se com frequência dos homens sem rosto. Durante alguns anos foi professor de história num centro de recuperação de mutilados. Os homens sem rosto eram para ele os alunos ideais. Por quê? Porque não o podiam ver. Ignoravam que o professor não ultrapassava em altura o tampo das carteiras. Escutavam-no num silêncio respeitoso, enquanto tomavam apontamentos nas suas pequenas máquinas de imprimir em braile. Pensa nisto, levanta-se e entra no mar. A água está tépida, transparente, uma matéria sutil onde a luz se fragmenta em infinitos tons de azul. Flutua de bruços, olhos muito abertos, a respiração suspensa, e assim, por instantes, liberta-se do corpo. Vem-lhe à memória a imagem de um rapaz de gibão vermelho com gola rendada, botas até aos joelhos, um pequeno macaco empoleirado no ombro esquerdo. O rapaz faz companhia a uma dama ricamente vestida, a cabeça coberta por um chapéu negro de abas largas. Ao seu lado parece muito alta. É Henrieta Maria, rainha de Inglaterra, na realidade uma mulher baixa, muito frágil. Aquela imagem persegue-o.

Euclides volta-se, enche os pulmões de oxigênio e fica a flutuar de costas. Vê um pássaro enorme, cuja silhueta antiga sugere um pterossauro, atravessar incólume o azul esmaltado do céu. Um albatroz? Francisco Palmares saberia dar-lhe um nome. Lembra-se de Anastácia, com a sua leve estrutura de ave, o riso de dentes perfeitos. O que a liga a Jararaca?

O rapaz do gibão vermelho chamou-se Jeffrey Hudson. Era minúsculo, um *bibelot*, mas não se deixou aprisionar dentro do corpo. Viajou pelo mundo como marinheiro. Passou tormentos às mãos de piratas nos mares das Caraíbas e noutra ocasião foi vendido como escravo. Antes e depois disso guerreou, bateu-se em duelo e venceu sempre. Outro caso curioso: Bebé. A palavra chegou à língua portuguesa a partir do francês. Começou a ser utilizada no século XVIII, à medida que se espalhava a fama de um anão com essa alcunha, de seu nome verdadeiro Nicolau Ferry, favorito de Estanislau Leczynski, rei polaco que viveu durante muitos anos exilado na Lorena. Bebé media apenas setenta centímetros.

Euclides suspira. Mergulha de olhos abertos, enchendo a alma de solidão e azul-turquesa. Ao longo da vida um homem muda de corpo muitas vezes. Estamos sempre a mudar de corpo. Crescemos, engordamos, algumas vezes encolhemos, o cabelo embranquece, perde o vigor e cai. Muita gente acredita que antes de morrermos vemos o filme da nossa própria vida, desenrolando-se vertiginosamente, desde que nascemos até aquele último instante. Se assim fosse, o que veríamos seria um ser em permanente mutação, ou seja, alguém com infinitos corpos. Não parece existir nada de semelhante entre uma larva e uma borboleta e, no entanto, há sempre uma larva no passado de cada borboleta. Euclides acha estranho que tantas pessoas se horrorizem face à possibilidade de um dia podermos mudar de corpo como quem muda de camisa. Certa ocasião, na época em que trabalhou para a Televisão Popular de Angola, enviaram-no ao Bailundo para filmar parte de uma reportagem sobre os grandes heróis da história de Angola. Um velho levou-o a ver uma gruta onde afirmava estar guardado o crânio do rei Ekuikui. Na verdade havia dois crânios, um grande e outro pequeno, ambos escuros e remotos.

— O pequeno é também de Ekuikui —, explicou o velho, — quando criança.

Euclides não se riu. Por que havia de duvidar? Isso parecia-lhe bom, abandonar o corpo inteiro, trocá-lo por outro. O melhor seria nem ter corpo algum. Voar.

Rio de Janeiro, Confeitaria Colombo, cai a tarde

(a ameaça)

Francisco Palmares não disfarça o desprezo. Segura o livro com o polegar e o indicador, enojado, como se agarrasse pela cauda um rato morto. Soletra alto o título:
A luz do abismo.
Sacode a cabeça:
– Queres mesmo que eu leia isto?
Monte pousa sobre ele um olhar cansado. Tira-lhe o livro da mão, abre-o na primeira página e escreve, "Para Francisco Palmares, na certeza de que um dia também mergulharás no abismo, como eu, e o descobrirás depois cheio de luz." Assina e devolve-o.
– Precisas descolonizar a cabeça, camarada. Tens o espírito cheio de ideias europeias. Pensas como um branco. Não podes ler a poesia africana com a mesma perspectiva e os mesmos valores de um colono português.
O Grande Inquisidor sabe como irritar as pessoas. Durante anos foi esse o trabalho dele – talvez ainda seja. Francisco Palmares suspira, ergue os olhos e vê um anjo. A luz passa através dele, como é suposto que aconteça com os anjos, e desce depois dourada e mansa sobre os largos espelhos com molduras de jacarandá.

— Cada um destes espelhos pesa uma tonelada e meia. Vieram da Bélgica no princípio do século. Certamente ainda guardam a imagem de Olavo Bilac, Machado de Assis, Lima Barreto. Todos eles tinham o costume de vir aqui tomar chá às cinco da tarde, sabias?
Monte encolhe os ombros.
— Não sabia e nem isso me interessa. Prefiro a nossa Biker, em Luanda, agrada-me a decadência.
O coronel ignora o comentário.
— O Olavo Bilac era tão pontual que as pessoas costumavam acertar o relógio assim que ele entrava.
Recita:

"Caminhar! caminhar!... O deserto primeiro,
O mar depois... Areia e fogo... Foragida,
A tua raça corre os desastres da vida,
Insultada na pátria e odiada no estrangeiro!
Onde o leite, onde o mel da Terra Prometida?"

Suspira de novo:
— Tenho a sensação de que ele escreveu estes versos a pensar em nós.
Enfrenta Monte:
— Não querias encontrar-te comigo para falar de poesia, pois não?
O outro sorri:
— Tens razão. Tenho um recado para ti.
Baixa a voz:
— Encerra o negócio. Ordens do meu heterônimo.
— Ordens de quem?

– Do Presidente, porra! Eu escrevo os discursos dele. Então, tecnicamente, o velho pode ser considerado um heterônimo meu, não achas?

Ri com uma franqueza que nele não é habitual. Em Luanda, conta, há pessoas que o cumprimentam na rua depois que o velho discursa. Alguns amigos, a chamada Academia do Bacalhau, grupo de generais, gente ligada ao Ministério, que todas as tardes se encontram nas mesas da Biker, fazem apostas para saber se ele terá habilidade para incluir neste ou naquele discurso uma determinada frase. No Ano Novo, por exemplo, desafiaram-no a colocar em meio ao arrazoado do Presidente sobre o estado da nação um verso de Noel Rosa – *"Quem é você que não sabe o que diz?"* Monte venceu a prova facilmente.

– O chefe do grupelho belicista insiste em dizer que no nosso belo país não há democracia. Quem é você que não sabe o que diz?

Teria sido mais difícil se a Academia do Bacalhau lhe tivesse exigido o poema inteiro:

"Quem é você que não sabe o que diz?
Meu Deus do céu! Que palpite infeliz!
Salve Estácio, Salgueiro e Mangueira, Oswaldo Cruz
e Matriz
Que sempre souberam muito bem,
que a vila não quer abafar ninguém.
Só quer mostrar que faz samba também."

Francisco Palmares ri com gosto. Durante um momento os dois homens estão muito próximos. Então o Grande Inquisidor fica subitamente sério, passa as mãos

ossudas pelo cabelo em desordem e regressa ao assunto que o trouxe ali.
— Encerra o negócio, camarada, não levantes ondas. Os brasileiros já conhecem o esquema e estão a exercer muita pressão. Isto pode dar forte maca. Compra uma casa na praia e dedica-te à pesca.
— Não gosto de pescar.
— Então por que não escreves um livro? O Velho sabe que sacrificaste a tua juventude pelo país. Está disposto a compensar-te. Sais de cena sem fazer barulho. Compras uma casa em Salvador, lá na Bahia, e ficas a ver o sol que arde em Itapoã, a ouvir o mar em Itapoã, entendes? Um velho calção de banho, o dia para vadiar.
— É só isso?
— Não. Há mais. Sabemos que o teu amigo, o homúnculo, está aqui, no Rio de Janeiro, e que te tens encontrado com ele. O tipo conhece muitas histórias, é um inconveniente, e além disso desrespeitou o Velho. Não sei como conseguiu escapar em 1992. Ora tu conheces bem essa gente dos morros. Ele podia ser assaltado, levar um tiro, são coisas que estão sempre a acontecer nesta cidade. O meu heterónimo, podes ter a certeza, ficaria feliz.
— Não!
— Não?!
— Não! Já não trabalho para vocês!
— Trabalhas sim, coronel. Ninguém abandona a grande família. Seria mais fácil cortares um braço.

Francisco Palmares sente que a irritação o domina. Levanta a voz:
— Não vos devo nada, ouviste? Nada!

O Grande Inquisidor mantém-se frio. Conhece o ofício:
— Calma. Lembra-te do teu pai, lembra-te do velho Feliciano Palmares, o teu pai nunca fala alto. Sabes qual era a alcunha dele nos tempos da guerrilha? O Fala-Baixinho! Excelente homem mas muito teimoso, arrogante, sempre com o rei na barriga. Despreza todos os pretos que não pertençam às velhas famílias. *"Gente sem nome"*, diz, *"pretos boçais"*, e às vezes acho que tem razão...

O coronel tira da carteira uma nota de cinquenta reais e coloca-a em cima da mesa. Aborrece-o que Monte fale assim do seu pai. Levanta-se.

— Lamento, meu caro, não posso ficar mais tempo. Diz ao teu heterônimo que vou continuar com o negócio. Diz-lhe que Euclides Matoso da Câmara é meu amigo, e que além disso não recebo ordens de ninguém.

O Grande Inquisidor olha-o espantado. Segura-o por um braço:

— Senta-te —, ordena. — Pensa dois minutos no que vais fazer.

Francisco sacode-o. Tem vontade de o esbofetear. Enfia as mãos nos bolsos das calças, despede-se com um aceno brusco, volta as costas e vai-se embora.

(vocação de terrorista)

Feliciano Palmares nunca tira a gravata, nem sequer ao mata-bicho. Os inimigos (e são muitos!) asseguram que dorme com ela apertada ao pescoço. Mesmo agora, aos setenta e tantos anos, reformado, continua a levantar-se às cinco horas da manhã, veste-se com o rigor de sempre, fato escuro, gravata preta, e sai para visitar doentes. Dona Ermelinda, a esposa, costuma queixar-se ao filho da austera generosidade do marido:

— Vá ser bom assim no inferno.

Francisco não fala com o pai desde que em 1982 decidiu regressar a Angola e alistar-se nas Forças Armadas. O velho recebeu a notícia trêmulo de cólera:

— O senhor quer juntar-se aos carrascos de Angola? Pois não volte a chamar-me pai.

O filho já esperava aquela reação. A velha Violeta Rosa foi talvez a única pessoa que adivinhou as razões do seu regresso:

— Nenhuma árvore consegue crescer à sombra de uma mangueira frondosa —, disse. — Tu precisas seguir o teu próprio caminho e isso está certo, meu neto. Segue-o.

Francisco sabe agora que tomou o caminho errado. Desce as escadas com um peso no peito. Antes de alcançar a rua os seus olhos encontram um espelho e ele vê o rosto de Feliciano Palmares. Ultimamente, sempre que se olha ao espelho vê o rosto do pai. Não o atual, claro — o que vê é o rosto do pai aos trinta e sete anos. À medida que o tempo passa torna-se mais parecido com o velho. Um dia acordará igual. Um grito arranca-o dos seus pensamentos. Volta-se. Monte, pálido, à porta da confeitaria, chama-o pelo nome. Grita-lhe:

— Atenção, camarada! A partir deste momento estás completamente sozinho!...

Francisco Palmares sorri:

— Enfim, só.

Mergulha na multidão. O pai tinha indignações enormes. Pensa nisto e lembra-se de uns versos de Lya Luft:

"*O meu amado tinha indignações enormes*
andava de um lado para outro em minha frente:
não se conformava com os conformados, os corruptos
os medíocres e os vendidos deste mundo.
Não se conformava com a miséria, a dominação, o desvalimento.
Não se conformava também quando não o entendiam.
Passava as mãos pelo cabelo grisalho
e ardia como um jovem de dezoito anos na sua ira:
'Tenho vocação é de terrorista.'
(Eu escutava, com medo de que ele saltasse da varanda
levado pelo vendaval de seu furor de justo)."

Diz alto:
— Tenho vocação é de terrorista!
Está parado no passeio, à espera que o sinal mude para verde. Ao seu lado um homem ruivo, de fato e gravata, pasta diplomática, escuta o verso. Ri-se:
— Eu também, cara. Mas não conte isso para ninguém!

Rio de Janeiro, Jardim Botânico, apartamento de Anastácia Hadock Lobo, aproximadamente quatro horas da madrugada

(o princípio de uma estranha estória de amor)

Anastácia não dorme desde O Acidente. Ela chama-lhe sempre assim: O Acidente. Fecha as janelas do quarto, cerra os estores e as cortinas, liga o ar-condicionado e estende-se nua e de costas sobre a enorme cama verde. Escuta na escuridão, sobrepondo-se ao ronronar elétrico do ar-condicionado, um rangido breve – o ruído inanimado de um móvel dilatando por efeito do calor? Não, parece-lhe antes algo orgânico, alguma coisa viva esforçando-se por comunicar; Anastácia sorri: o que quer que seja escolheu a pessoa errada.

– Anastácia Hadock Lobo já não mora aqui.

A voz dela na secretária eletrónica. O telefone toca cinco vezes e depois a gravação dispara. Algumas pessoas insistem em deixar recado.

– Anastácia? Pelo amor de Deus fala comigo!...

Há doze dias que não sai de casa. Encomenda *pizzas* pela Internet. Enche uma chaleira com água, deixa-a ferver e prepara ao longo do dia infusões de menta e tília, mais raramente erva-cidreira, com uma colher de mel; à noite, antes de se deitar, opta por um chá de pétalas de papoula – nem assim consegue adormecer. Acredita que será capaz de continuar neste regime até morrer uma noite de velhice ou de esquecimento. Às vezes a campainha toca, um carro buzina lá em baixo, a campainha volta a tocar. Anastácia coloca os auscultadores nos ouvidos e por algumas horas esquece-se de tudo — isto é, d'O Acidente —, enquanto ouve Gilberto Gil, Chico Buarque e Caetano Veloso. Desenha, corta o veludo vermelho, enche-o de algodão, dá-lhe forma. Algumas caixas já estão prontas. Ela, porém, nunca as acha concluídas. Volta a ajeitar o veludo. Substitui um prego. Gosta da vaga luz que emana lá do fundo, sobe pelas dobras do tecido e se encarniça depois contra a ferrugem dos pregos.

Está agora estendida na cama. Uma cama tão grande que parece um transatlântico. Anastácia deu-lhe um nome: Titanic. Toda aquela laboriosa estrutura em ferro delicado, num verde ingênuo, encimada por amplo dossel (seda levantina), veio de Java, na Indonésia; terá ido parar em Ambon duzentos anos antes numa caravela holandesa. Uma fidalga de Leiden adormeceu uma noite sobre aqueles ferros, cobertos por cetins e mantas finas de caxemira, e sonhou com Rembrandt. A sua filha deu à luz seis varões, ali, sobre os mesmos ferros, e depois morreu. Anastácia entusiasma-se. Imagina a quantidade de casais que se amaram na grande cama-navio. Divaga sobre isto quando de novo a sobressalta o ruído surdo de há pouco. Acende a luz. Uma pequena osga olha-a numa espécie de desafio. Incha o papo — croque! —, e pela primeira vez desde há doze dias Anastácia ri. É um riso tão fresco que ela mesma se assusta. A osga permanece impávida à sua frente: croque! Pode ser um idioma, aquilo, semelhante ao dos bosquímanos (ela tem um livro sobre os bosquímanos) que comunicam entre si por estalidos. Anastácia lembra-se do que lhe contou uma amiga portuguesa, que viveu alguns anos em Macau. O filho, de dois anos e meio, ficava o dia inteiro em casa, na companhia de uma empregada chinesa. Era um menino ativo, simpático, mas os pais achavam estranho que não fosse capaz de articular uma única palavra, exceto na linguagem gutural dos bebês. Um dia receberam a visita de um amigo macaense. Este surpreendeu-se com o desenvolvimento da criança. "Ele fala muito bem. Diz tudo". Dizia, de fato – em chinês.

Anastácia decide estudar o idioma vegetal das osgas. Tem tempo. Está disposta a não sair nunca mais daquela casa. Tenta um croque! e a osga responde, avança, estuda-a com os seus olhinhos oblongos. Ela tenta de novo: croque! O animal estremece, acena repetidas vezes com a cabeça, e depois escapa deslizando como um fantasma ao longo da parede. Anastácia volta a estender-se na cama. Lá fora há um tropel apressado, gritos. Ela levanta-se, sai do quarto, passa para a sala, espreita pela janela e vê um homem a correr. Atrás dele, dobrando a esquina, surgem dois outros sujeitos armados com pistolas. O fugitivo detém-se junto à porta de entrada do prédio. Anastácia precipita-se para o interfone:

– Entra! – Grita. – Entra logo e fecha a porta. Pega o elevador e sobe até o quarto piso.

Só depois pensa:

– Meu Deus! O que fiz?

Espreita outra vez pela janela e vê os dois homens que se aproximam. No silêncio de vidro das três da madrugada consegue distinguir a respiração ansiosa do que corre adiante.

– Onde se meteu o filho da puta?

O filho da puta está no elevador e sobe. O elevador detém-se. Silêncio. Anastácia coloca a mão direita no pescoço e sente o coração aos saltos. Treme.

– Você começou isto, mocinha –, murmura. – Agora tenha coragem e vá até ao fim.

Endireita-se, chega-se à porta e abre-a. O filho da puta parece mais assustado do que ela. Olha-a com estranheza:

– Muito obrigado, moça.

Anastácia não sabe o que fazer. Estende-lhe a mão. Retira-a antes que o homem a segure. Afasta-se um pouco convidando-o a entrar. Ele entra. Tem olhos tristes, orientais, o desamparo de um garoto. Só nessa altura Anastácia repara que está de pijama – salvados d'O Acidente, um troféu de guerra – e cruza os braços sobre o peito. Agora é ela que parece muito frágil. Ele recua:

– Se quiser eu saio. Espero um pouco lá fora, no elevador...

– Não. Não me parece seguro. Pode ficar. Sente-se.

Indica-lhe uma cadeira. Ele senta-se. Ela vai à cozinha, abre a geladeira e retira uma Coca-Cola. Procura dois copos e regressa à sala. Entrega-lhe um dos copos.

– Posso saber como você se chama?

O homem hesita um momento:

– Sandro.

– Sandro?

– Sandro do Nascimento.

Ela respira fundo:

– Como o cara que sequestrou o ônibus?

Há quanto tempo? Na rua Jardim Botânico, ali tão perto. Ela acompanhara o drama pela televisão. Ela e mais cem milhões de brasileiros. Um pobre diabo, sobrevivente do massacre da Candelária, tentou assaltar os passageiros de um ônibus armado com um revólver calibre trinta e oito. Cercado pela polícia tomou os doze passageiros como reféns. Após várias horas de negociações desceu do ônibus, arrastando uma moça pelos cabelos, e foi rapidamente dominado pela polícia. A moça morreu. O assaltante foi também morto já no camburão — por asfixia.

— Como ele. Ou ele como eu.

— Compreendo. Sandro do Nascimento foi o nome que o pobrezinho escolheu ao ser preso pela primeira vez, você sabia? Chamava-se, se bem me lembro, Alexandre Júnior da Silva. Também lhe chamavam Mancha, por causa de um sinal na face direita. Mancha da Candelária, depois do massacre. E Etnia, isso não sei por quê. No ônibus disse que se chamava Sérgio.

Sandro do Nascimento prova a Coca-Cola. Tem sede. Percebe que tem sede depois do primeiro trago. Bebe o resto. Olha-a atentamente:

— Como descobriu isso tudo?

— Lendo os jornais. Você não lê jornais?

Sandro nega com a cabeça.

— Quer comer alguma coisa?

— Não.

— Está bem. Espere um instante, vou fazer torradas.

Talvez tivesse pão no congelador. Encontra um saco com seis pãezinhos de queijo. Acende o forno e coloca os pãezinhos a aquecer. Anastácia tem muito orgulho no seu fogão, um aparelho dos anos cinquenta, enorme, cheio de luzes, belo como um Cadillac. A geladeira é da mesma época. Teve um trabalho enorme a decorar aquela cozinha, inspirada numa tela do pintor americano Edward Hopper.

Regressa à sala. Sandro está em pé, debruçado sobre as caixas. Parece assustado.

– O que é isto?

Ela sorri:

– Vaginas. Vaginas dentadas.

Vagina dentata. Mitos antigos, em geografias dispersas, referem-se a uma primeira mulher que devorava os homens com quem dormia. Os índios Paiute, cujos descendentes sobrevivem numa área restrita da Califórnia, contam que no princípio dos tempos, Coiote, um ser mágico, meio humano meio animal, conheceu uma mulher por quem se apaixonou. Essa mulher, porém, escondia entre as pernas a mortal armadilha de uma vagina com dentes. Coiote não desanimou. Nunca desanimava. Subiu à montanha, caçou uma cabra, e ofereceu à amada os ossos do pescoço para que os roesse. Ao tentar fazê-lo, usando todas as suas possibilidades, a mulher quebrou os dentes e Coiote pode então amá-la sem perigo. A mulher engravidou e encheu o mundo de filhos – os Paiute. No Brasil, entre os ianomâmi da Amazônia, conta-se um mito semelhante. Em língua ianomâmi, aliás, a palavra grávida significa igualmente farta, bem alimentada. Os índios parecem acreditar que as mulheres se alimentam dos homens enquanto fazem amor. Ao penetrar numa mulher o pênis exibe-se ereto, enorme; ao abandoná-la é apenas um pequeno pedaço de carne frouxa.

Sandro senta-se de pernas cruzadas sobre um dos almofadões indianos. Escuta-a em silêncio. Anastácia olha-o com ternura. É a primeira vez que um homem a ouve contar aquela história e não cede a comentários torpes. Estará com medo? Nenhum homem escuta o mito da *vagina dentata* sem um estremecimento de terror.

Os comentários, o riso, servem para disfarçar o medo. Continua, a voz mais terna:

— Existe um outro mito interessante nas ilhas da Polinésia. O deus Maui tentou alcançar a eternidade saltando para dentro da vagina da mãe. Não teve sorte — a própria mãe o devorou.

Ele agarra numa das caixas. Afunda os dedos devagar no veludo macio, evitando os pregos. A luz fascina-o.

— E o que você faz com elas?

— Mostro-as às pessoas. Algumas eu vendo...

— Você é artista, certo? Uma espécie de artista...

Ela ri-se. Contém-se para não o beijar.

— Uma espécie, sim. A espécie mais perigosa.

Bebe o resto da Coca-Cola. Aproxima-se dele e beija-o.

— Quem é você?

O homem olha-a muito sério. O pai levara-o uma vez a visitar os avós, em Pernambuco, tinha ele cinco ou seis anos. Lembra-se que havia um rio e algures, entre o verde exuberante da mata, um poço natural. Os garotos lançavam-se às águas escuras do poço, seis metros lá em baixo, e depois mergulhavam, nadavam através de uma passagem estreita, e alcançavam o rio. Foi a primeira vez que soube o que era o medo. Prendeu a respiração, fechou os olhos, e atirou-se.

— Meu nome é Jararaca —, diz. — Sou bandido mas não lhe vou fazer mal, não, moça, fique tranquila. Se quiser eu saio, se quiser pode chamar a polícia. Se quiser, se isso fizer você feliz, eu me atiro daquela janela agorinha mesmo.

Preto de nascença

Rio de Janeiro, Morro da Barriga, madrugada de segunda-feira

(a noite em que a Nossa Senhora Aparecida não protegeu Jacaré)

Há quem estranhe a tatuagem que Jacaré traz nas costas – um belíssimo desenho de Nossa Senhora Aparecida, os piedosos olhos líquidos erguidos para o céu, as mãos postas em oração, uma aura dourada a coroar-lhe a cabeça. Jacaré guarda-a (há-de guardá-la sempre) como lembrança dos dois anos que passou em Bangu. Em determinada altura apareceu na sua cela um sueco melancólico, tatuador profissional, preso pela polícia no Aeroporto do Galeão ao tentar embarcar com destino a Londres levando trezentos gramas de pó escondidos numa prancha de surfe. Para não morrer de ócio, para manter o vício, o sueco trabalhava o dia inteiro, desenhando dragões, índios, caveiras sorridentes. A sua especialidade, porém, eram as imagens religiosas. Jacaré lembra-se do dia em que o tatuador regressou a Estocolmo. Despediu-se dos outros presos com os olhos cheios de lágrimas.

– Adeus, minhas obras, até um dia.

Foi o próprio sueco quem sugeriu a Jacaré a imagem da Virgem:

– Olha malandro, nenhum polícia vai ter coragem de te bater quando vir Nossa Senhora nas tuas costas. Imagina! Bater na Mãe de Deus.

Com a polícia, de fato, resultou. Em tronco nu nunca nenhum lhe bateu. Muitos deles benziam-se, inclusive, diante da imagem. Jacaré pensa nisto quando o primeiro pontapé o atinge:

— Filho da puta! — Geme. — Tu bateu na Virgem...

Luís Mansidão ri com desprezo:

— Meu senhor é o Cão.

O outro pontapé atinge-o nos lábios. O sangue salta. Jacaré vê a lua imensa a rodopiar no céu. Tem na boca o sabor confuso da terra e do sangue. Distingue o rosto impassível de Jararaca. Os olhos duros de Pajeú.

— Estão querendo me matar?! Então matem logo, porra! Matam um herói!

Rio de Janeiro, Jardim Botânico, apartamento de Anastácia Hadock Lobo, três horas da tarde

(a carta)

— Viajei faz alguns anos pelo recôncavo baiano...

Francisco Palmares fala devagar, sentado numa cadeira de verga, junto à janela, enquanto saboreia uma larga xícara de café:

— Em Cachoeira uma velha falou-me de um pequeno inseto luminoso, do gênero dos pirilampos, que parece um encantamento, pois se o cortam em pedaços logo se torna a regenerar e fica tão escorreito quanto estava antes.

Anastácia ri:

— Mentira! Você está brincando!

Francisco abana a cabeça:

— Não, não! A velha assegurou-me que mesmo retalhando o diabo do bicho em pequenas migalhas, com uma lâmina, ainda assim ele se reorganiza e que as pessoas costumam praticar tal crueldade apenas para se divertirem.

Sorri. Faz um gesto na direção de Euclides, sentado à sua frente, numa cadeira minúscula, perna traçada, charuto entre os lábios:

— Este nosso amigo faz-me lembrar o tal bicho. Podem cortá-lo aos pedaços e nem dessa forma o matam. É impossível acabar com ele.

O jornalista bate com os nós dos dedos no tampo da cadeira:

— Vira essa boca para lá. Nunca ninguém me cortou aos pedaços, até porque seria difícil, não? Há pouca coisa para cortar.

Ri às gargalhadas. Custa a crer que uma tal figurinha consiga rir daquela maneira.

— Tens razão, sim, não tenciono ganhar asas tão cedo, asas de anjo. Gosto muito de viver.

Anastácia simpatizou com Euclides assim que o viu.

— Acho-o bom como um rio.

Jararaca não compreendeu.

— Quero dizer —, explicou ela, — é uma daquelas pessoas raras, sinceras, que por onde passam deixam tudo mais alegre e exuberante.

O traficante concordou. Também gostava dele. Ouvia-o com atenção. Deixou que o entrevistasse e deu-lhe carta branca para andar por onde quisesse dentro do Morro da Barriga. Euclides pretendia escrever uma grande reportagem sobre as favelas cariocas para um jornal de Lisboa. O padrinho, Eusébio de Queirós Coutinho Matoso da Câmara, deixara-lhe em herança uma pequena fortuna. Ele — apanhado de surpresa — não sabia o que fazer com o dinheiro. Continuava hospedado, ia para quatro meses, numa pequena pensão no centro da cidade, e a deslocar-se de metrô e de ônibus.

Tens mais dinheiro do que eu —, censurava Francisco Palmares, — não precisas viver assim. Nem sequer tens necessidade de trabalhar.

Euclides aborrecia-se com a insistência dele:

— Trabalho por gosto e não por dever. Nunca trabalhei por necessidade, graças a Deus, acho que nem conseguiria.

A pior das desgraças, na minha opinião, é trabalhar por necessidade.

Francisco Palmares recordou-lhe o tempo em que era funcionário da televisão e tinha de entrevistar as pessoas no colo do técnico de som, Pedro Cunha de Menezes.

— Certamente não fazias isso por gosto.

Euclides riu-se:

— Claro que fazia. O Pedro, sim, não fazia aquilo por gosto, coitado, tinha de me carregar.

Ali está ele, pois, Euclides Matoso da Câmara, em mangas de camisa, suspensórios amarelos, sentado defronte àquela magnífica tarde. Sorri. Faz um gesto largo, como se quisesse segurar entre as mãos a clara luz que entra a jorros pelas janelas do apartamento de Anastácia Hadock Lobo:

— Gosto muito de viver. A vida é maravilhosa! Todos os dias ao acordar, quando abro os olhos e vejo a luz, esta incrível claridade, dou graças a Deus por existir. Tão simples quanto isto.

Para Francisco não parece nada simples.

— Viver é lembrar —, contesta. — Lembrar é sofrer.

Termina o café e pousa a xícara no chão. Viver quando a memória nos atormenta, dia e noite, moendo, moendo, como uma dor de dentes — custa muito. No bolso da camisa guarda a carta de Florzinha. Recebeu-a ontem, sexta-feira, e releu-a até a saber de cor. Anastácia olha-o com um sorriso de troça:

— Você anda fugindo da memória?

Aquela mulher assusta-o. Não sabe o que responder. É Euclides quem o salva:

— O coronel nunca foge. A alcunha dele nos tempos da guerra era o Não-Recuo. — Ri-se às gargalhadas. — Quase sempre são os outros que fogem dele.

O jornalista sabe que Anastácia acertou em cheio. Sabe também que Francisco Palmares não gosta de falar sobre o passado. O coronel olha-o agradecido. A carta de Florzinha queima-lhe a pele.

– Francisco, ou posso escrever ainda Querido Francisco?

As pessoas são quase sempre um pouco mais formais quando se dirigem a outras através de uma carta. É verdade que já quase ninguém escreve cartas. As pessoas trocam, no máximo, rápidas mensagens eletrônicas. Talvez isso ajude a salvar as florestas. Florzinha, contudo, sempre gostou de escrever cartas. Escolhe o papel, o envelope, inclusive o selo.

– Escrevo em nome dos velhos tempos. Não digo que já te perdoei porque não tenho nada a perdoar-te. Foi um acidente – ou não foi? Tu, sim, terias muito a perdoar-me pelos excessos do meu pai. Não quero, no entanto, falar-te de mim. Ficará para mais tarde. Vou ao Rio de Janeiro de propósito para falar contigo – porque existem coisas que ficaram por dizer, não te parece? – e não sairei sem que isso aconteça. Não fujas. Tens passado a vida inteira a fugir, primeiro do teu pai, depois das responsabilidades, e agora, finalmente, do teu pai, das responsabilidades e de mim. Respira fundo. Não fujas mais. Aquela a quem amaste, Florzinha.

Jararaca toca-lhe no ombro.

– Você está bem companheiro?

Fala de um plano qualquer para impedir que a polícia continue a extorquir dinheiro ao movimento. Francisco Palmares tenta prestar atenção. O traficante quer mais armas. Foi também para isso que combinaram o almoço ali, no apartamento de Anastácia, naquele sábado cheio de sol. O coronel puxa de um bloco e toma notas.

– Tá ligado, coronel? Mandei um recado aos tiras. A partir de hoje acabou o cala a boca. Mas agora, se você quer mesmo saber, estou com medo. Isto vai barulhar, meu irmão, vai ficar sinistro à vera!

Rio de Janeiro, Hotel Glória, sete horas/ Morro da Barriga, manhã de muito sol

(Francisco Palmares vê morrer um anjo)

Jararaca receia que alguma coisa possa acontecer nos próximos dias – ou melhor, nas próximas noites. Francisco Palmares não duvida de que alguma coisa irá acontecer. Tem sonhado com um verso de Ferreira Gullar. "Um grave acontecimento está sendo esperado por todos." Apesar do sol que entra pela janela incendiando os lençóis, acorda com o coração apertado de angústia. Julga, porém, que tanto o sonho quanto a ansiedade se referem à chegada de Florzinha, a Princesa – quando? – e tenta distrair-se nadando durante meia hora na piscina.

*"Um grave acontecimento está sendo esperado
por todos.
Os banqueiros os capitães de indústria os fazendeiros
ricos dormem mal. O ministro
da Guerra janta sobressaltado,
a pistola em cima da mesa.*

*Ninguém sabe de que forma desta vez a
necessidade se manifestará:
se como um furacão ou um maremoto*

se descerá dos morros ou subirá dos vales
se manará dos subúrbios com a fúria dos rios poluídos.

Ninguém sabe.
Mas qualquer sopro num ramo
O anuncia.

Um grave acontecimento está sendo esperado
e nem Deus e nem a polícia poderiam evitá-lo."

Sai da piscina, veste-se com cuidado, todo de branco, e liga para Ernesto. O velho atende-o com uma voz de fim de festa. Deve ter bebido a noite inteira. Francisco diz-lhe que fique em casa, a dormir, e chama um táxi. O motorista acha estranho que ele queira ficar no Morro da Barriga; avisa-o contra os perigos das favelas.
— Esses negros não respeitam ninguém.
— Talvez não tenha reparado mas eu também sou negro...
— Não, não, imagina! O senhor é um homem de bem...
Palmares sente saudades do velho Ernesto. O motorista, entretanto, embala um longo discurso contra o uso de drogas e a decadência do mundo. Depois, subitamente, muda de assunto:
— Você gosta de mulheres, senhor?
O coronel sobressalta-se.
— Como?
— Se você gosta de mulheres tem de conhecer estas –, diz, enquanto lhe passa para as mãos um álbum com fotografias. — Loiras, morenas, mulatas. São estudantes universitárias, limpas e lindas, sem doenças, e o serviço é seguro.

Telefono para a menina, vou buscá-la em casa e deixo vocês dois num bom motel.

O coronel folheia o álbum, divertido. Julga reconhecer uma das moças, de biquíni vermelho, na praia, junto ao mar. Observa-a com mais atenção. Sim, é Florzinha, com o cabelo tingido de loiro (um absurdo!) e alguns anos mais nova. Isso deixa-o irritado. Salta do carro à entrada do morro. Sobe devagar as ruelas íngremes reparando nos jovens soldados do tráfico postados nas esquinas, de bermudas, bonés na cabeça, alguns em tronco nu, outros com camisetas coloridas. Àquela hora da manhã, num domingo solarengo, um tal aparato não lhe parece normal. Ainda está irritado. Por que o incomoda descobrir que Florzinha se oferece em biquíni aos clientes de um taxista? Não gosta de pensar no que ela faz para ganhar a vida.

Vê dois meninos a brincar com papagaios de papel. Jararaca contou-lhe que antigamente o movimento se servia daquele antiquíssimo brinquedo para alertar os soldados sobre a presença de estranhos. Nada de muito original: duzentos anos antes de Jesus Cristo nascer já o general chinês Ham Sin se valia de papagaios de papel com o objetivo de enviar mensagens às praças sitiadas. A invenção do telemóvel – Francisco não gosta da expressão brasileira, celular, e insiste em dizer, como em Portugal e Angola, telemóvel – simplificou tudo. Os traficantes servem-se hoje de foguetes e telemóveis. Jararaca acha que, sendo necessário, durante uma invasão da polícia, por exemplo, é possível utilizar os papagaios de papel para cortar os fios elétricos, mergulhando a favela na escuridão absoluta. Alguns moleques, com autêntica vocação para terroristas (volta a lembrar-se dos versos de Lya Luft), esfregam nos cordéis que sustentam as pipas uma mistura de pó de vidro e cera, ou cola de madeira, transformando o brinquedo ingênuo numa arma terrível. O objetivo é derrubar os papagaios adversários, mas acontece com frequência que a linha embate contra fios elétricos e corta-os. Também se registaram casos de garotos mutilados ou mesmo decapitados em razão disso.

Em criança Francisco gostava de levantar papagaios. Um dia o pai inscreveu-o num concurso que reunia alunos de todas as escolas de Luanda. O governador presidia ao júri. Feliciano Palmares ajudou-o a construir um enorme papagaio com a bandeira de Portugal. O menino ficou entusiasmado, mas foi um desastre: o seu papagaio não conseguiu levantar voo e ele passou meia hora arrastando-o pela poeira vermelha diante da tribuna onde estavam o governador, os diretores das escolas e do liceu, autoridades militares e religiosas. Feliciano Palmares e os amigos, perdidos entre o público, torciam-se de riso. Finalmente um polícia branco, gordo e simpático, veio buscá-lo pelo braço.

— Já chega, filho —, disse-lhe. — Acho que alguém tentou servir-se de ti para desprestigiar a nação.

Anos mais tarde o velho Palmares confessou ter sabotado o papagaio para que aquilo acontecesse. Francisco gosta de dizer que aos seis anos de idade já participava de ações nacionalistas arrastando a bandeira portuguesa pelo chão.

Algumas pessoas voltam-se na rua, enquanto ele sobe o morro, e ficam a vê-lo passar. Um negro alto, vestido como se fosse um modelo, é coisa rara ali. Aliás, em qualquer lugar do Brasil. Francisco Palmares diverte-se com a surpresa que provoca. Só subiu o morro duas vezes, uma na companhia do General Catiavala e a outra com Jararaca. Não gosta de miséria. Um menino passa por ele, a correr, vestido de anjo, as asinhas de papelão agitando-se no ar – como se voasse. Francisco está quase a alcançar a casa de Jararaca quando um rapaz magro e alto o intercepta.

– Tu é o Palmares?

Olhos de sapo. Uma espessa cabeleira rastafári, tão desenvolvida que as tranças mais longas alcançam a cintura. Francisco confirma com a cabeça. O rapaz explica que Jararaca o mandou buscar:

– O chefe tá na praça preparando a festa.

Leva-o através de um labirinto de ruas. Em algumas não cabem dois homens um ao lado do outro. O coronel compreende porque é que a polícia evita subir até ali de noite. As áreas mais intrincadas da favela são praticamente inexpugnáveis. Os donos do lugar estão sempre em vantagem.

– Há quanto tempo você cultiva esse cabelo?

O rapaz ri-se:

– Cinco anos.

Alguns garotos da Zona Sul, cansados de serem brancos, usam um creme especial, à base de gordura de carneiro, para conseguir uma cabeleira semelhante àquela. Esforço inútil.

– Tu sabe, maluco, o homem nasceu lá na África. No princípio só tinha pretos no mundo. Depois alguma coisa deu errado e apareceram os brancos, raça degenerada, de cabelo fraco, com uma pele tão frágil que mal suporta o sol.

– Você trabalha?

– Sou músico. Sou um soldado do morro. A burguesia só nos respeita com um revólver na mão. Essa é a lei daqui, maluco, a lei do demônio. Meu nome é Jacaré.

Pela maneira como fala, movendo as mãos e o tronco num gingado gostoso, adoçando as palavras, lembra um legítimo luandense. Francisco sente-se de volta à terra e quase se comove — caramba, ele gosta daquele povo. O outro repara na perturbação do coronel:

— O que foi, maluco, tá cansado?

Jararaca espera-os numa pequena praça, sobranceira a uma funda escarpa, um lugar estranho, quase inverossímil.

— Sítios assim —, diz-lhe Francisco Palmares, — sítios que não podem existir, pensei que apenas os houvesse em Angola.

Jararaca está acompanhado por um homem ruivo, de óculos de aros de tartaruga, longa e desgrenhada barba. Só ele ri.

— Entendo o que você quer dizer.

Estende-lhe a mão:

— Eu conheço Angola.

É como se o mundo terminasse ali, abruptamente, porque faltou a Deus a matéria-prima para prosseguir a sua obra. Deviam colocar uma placa:

— Cuidado: Mundo em Construção.

Há uma mangueira frondosa, casas, um muro de adobe, e depois, de repente, o chão desaparece. Ao longe, para além do abismo, vê-se a cidade, a outra cidade, com os seus prédios tristes, os morros desdobrando-se, redondos, em diferentes gradações de azul. O homem que conhece Angola é padre. Esteve em Luanda durante dois anos a trabalhar num projeto de apoio aos meninos desmobilizados pelo exército do governo.

— Uma tristeza —, diz. — O que fizeram ao seu país!

Francisco Palmares sente que o acusam mas prefere ficar calado. Jararaca está feliz. Mostra as crianças ao redor.

— Não parece que estamos no céu?! Nunca vi tanto anjo junto.

Anjos negros e mulatos, vestidos de branco, com pequenas asas de papelão presas às costas. Quatro homens saem de uma pequena igreja carregando aos ombros, num andor, uma imagem de São Sebastião. Anastácia tira fotografias. Euclides circula por ali, com um gravador, entrevistando os populares. Todas as pessoas estão vestidas de branco. Atrás do andor segue uma pequena banda: dois rapazes soprando trombones, um velho com um clarinete, uma moça de carapinha muito curta, oxigenada, percutindo um tambor. A procissão desenrola-se lentamente. Foguetes estalam. Francisco Palmares vê Jararaca passar a correr, adiantando-se ao andor, com o telefone colado ao ouvido. Grita qualquer coisa ao padre. A procissão detém-se. A música para. No silêncio súbito o sol esplende no céu com um fulgor mais intenso. Voltam a estalar foguetes. Tiros. Francisco Palmares distingue claramente o latido seco de uma AK-47. Agora é o caos. A multidão dispersa num atropelo, rezando alto, gritando palavrões. O coronel cola-se a uma parede, estala os dedos, procura por Euclides entre a turba que foge. Tem de o arrancar dali, porra! Tem de o arrancar dali. Jararaca surge ao seu lado, ofegante, com uma pistola na mão esquerda. Baixa-se e retira de um coldre, preso ao calcanhar direito, um revólver calibre trinta e oito. Oferece a arma ao angolano:

— Toma, quero ver se você é homem, mané. Andam dizendo que você tem cabelo no coração. Andam dizendo que você é bom no gatilho. Quero ver isso. Quero ver se é tão fera assim.

Francisco Palmares recusa:

– Não! Esta guerra não é minha!

Jararaca coloca a pistola sob o queixo do outro e empurra, forçando-o a erguer a cabeça. Francisco Palmares fecha os olhos, atordoado pelo sol e pela evidência da morte. O bandido sopra-lhe aos ouvidos:

– É sim meu irmão! Esta guerra também é sua, tá ligado? Tu só precisa escolher de que lado está.

Larga-o e desaparece. O coronel abre os olhos. Um anjo passa por ele num voo curto, tentando galgar um muro, e é atingido pelas costas. Francisco Palmares vê as asas que se soltam, o pequeno corpo que cai e rola, o sangue que espirra sobre a parede e cobre uma inscrição,

"o povo das favelas quer cidadania."

Levanta o trinta e oito e dispara.

Rio de Janeiro, Ipanema, apartamento de Jorge e Bárbara Velho, noite de sexta-feira

(o *apagão*)

Jorge Velho enche o copo de cerveja, reclina-se na cadeira, bebe devagar enquanto mergulha os olhos na noite constelada. Também o líquido é negro e está cheio de estrelas. Sente-se como se estivesse bebendo a noite. Ele gosta de cerveja preta. Os brasileiros, de uma forma geral, preferem as loiras. O Brasil, aliás, inventou um novo tipo de mulher – a loira com bunda de negra, ou seja, a mulata de cabelo tingido de loiro. Ele, Jorge Velho, inclina-se mais para o modelo original, mas isso provoca no ambiente burguês em que se move uma certa estranheza.

– Você é meio portuga mesmo –, lamentam alguns dos seus amigos, sem esconder o desgosto.

Jorge assume: – Sou sim, meu pai era português, um rijo minhoto de Viana do Castelo, e com efeito foi sempre muito chegado a mulatas. Minha mãe, coitada, sofreu bastante com isso.

Uma rajada seca – uma AK – distrai-o dos seus pensamentos. Bárbara surge na varanda. Sorri nervosa:

– Rua Barão da Torre, sétimo tiroteio à esquerda.

É assim que ela costuma indicar a morada a quem os procura. Vivem naquele edifício há quinze anos e sempre escutaram tiros. Rajadas esporádicas. Nos últimos meses, contudo, a situação piorou muito, sobretudo durante os constantes cortes de luz. As pessoas estão revoltadas. Ninguém compreende como uma simples estiagem, num país atravessado por tantos rios, e entre eles alguns dos mais caudalosos do planeta, pode justificar o colapso de toda a rede hidrelétrica. Voltam-se a ouvir tiros. O morro recorta-se nitidamente contra o abismo estrelado da noite. Um corpo denso e perigoso. Jorge procura sossegar a esposa:

— Há duas semanas... Acho que nessa altura você estava em São Paulo, num congresso qualquer com os seus negros, lutando pela salvação da raça... Bem, há duas semanas recebi a visita do General Weissmann. Lembra dele? O cara sabe um pouco de balística. Garantiu-me que nenhuma bala disparada lá do morro pode chegar aqui.

Bárbara aproxima-se dele. Tira-lhe o copo da mão e senta-se no seu colo. Beija-o.

— O General Weissmann, amor, gostaria que as balas chegassem aqui. Sabe o que ele disse ontem ao *Diário do Rio* sobre os acontecimentos no Morro da Barriga? Ele acha que o exército devia entrar no morro e fuzilar todos os crioulos, um por um, estivessem ou não ligados ao tráfico. Ele acha que o problema do Brasil foi ter sido colonizado pelos portugueses, em primeiro lugar, e pelos africanos logo depois. Acha que os escravos deviam ter sido repatriados para África na sequência da Lei Áurea. Acha que só os alemães podem ainda salvar o país. Acha, e não tem vergonha de o dizer, que Hitler foi um herói.

— Isso não. Isso não é verdade. — Jorge Velho pousa a cabeça da mulher no seu peito e acaricia-lhe o cabelo. — São patranhas. Weissmann é judeu. Também não gosto dele. Acho-o um louco. Mas tem poder, sabia? Goza de grande prestígio entre os milicos. O presidente não sabe o que fazer com ele.

— O que vai acontecer?

— No Morro da Barriga?

— Isso.

— Soube que o Jararaca convocou uma conferência de imprensa para amanhã à tarde.

— Jararaca? Neguinho atrevido! O que ele quer?

— O rapaz é hábil. Vai tentar explorar o massacre a seu favor. Agora deixa que te diga, os meninos do Jararaca lutaram como leões, perdemos sete homens nessa loucura. Estão dizendo até que havia mercenários angolanos do lado dos bandidos, você acredita?

— Mercenários angolanos? Acho isso um absurdo!

— Olha, nós sabemos que existe realmente uma conexão angolana com o tráfico. Suspeitamos que haja oficiais angolanos vendendo armas de guerra aos traficantes. Trocando armamento por cocaína. Mas não conseguimos ainda provas suficientes, e além disso o assunto é muito delicado, envolve países amigos, o Itamaraty, o diabo a quatro. A propósito, você sabe onde vive aquele sujeito angolano, um cavalheiro de fino trato, como diria o senhor meu pai, com quem jantamos há algumas semanas?

— Francisco Palmares?

— Sim, boa memória, você voltou a vê-lo?

— Que ligação pode ter Francisco com essa tua história? Esquece isso, amor. Venha, vamos para a piscina...

— E as gêmeas, princesa?

A mulher sorri.

— Foram passar o fim de semana no sítio da mãezinha. Só voltam domingo à tarde.

O tiroteio durou a noite inteira e nenhum deles deu por isso. Na manhã seguinte Jorge Velho encontrou uma bala na varanda, mas não foi capaz de descobrir nas paredes sinal do impacto. O mar brilhava ao fundo, belíssimo, num exagero de azul.

Rio de Janeiro, Hotel Glória, tarde de sábado/ Confeitaria Colombo, enquanto cai sobre a cidade uma água escura

(Rosa muda de pele)

Francisco Palmares assiste sozinho, no seu quarto, à reportagem pela televisão. Depois que termina, levanta-se e fecha a janela.
— Puta que pariu!
Aquilo parece-lhe um pesadelo. Acende a luz da caixa de cristal onde dorme a tarântula. Rosa, a enorme *Theraphosa blondi*, mudou há pouco de pele. O invólucro anterior está abandonado na areia, como um casaco sem préstimo. Francisco gostaria de fazer o mesmo. Tem medo que o reconheçam quando sair à rua. Receia que a polícia venha procurá-lo ao hotel e o leve para uma dessas prisões infernais, com cinquenta ou mais pessoas em cada cela, onde os detidos se matam e se comem uns aos outros por um pretexto qualquer. Enche o vaporizador de água fresca e borrifa o animal. As tarântulas daquela espécie necessitam de ambientes muito úmidos. Gostaria de se despir do corpo, deixá-lo estendido na cama, vazio e inútil, reaparecendo à sociedade com uma nova pele, um rosto inédito, inteiramente desconhecido. No dia seguinte, de manhã, uma das empregadas encontraria a sua pele, uma sombra leve, sedosa, desenhada contra o firme esplendor dos lençóis. Como reagiria? Talvez não estranhasse. Quem sabe, limitar-se-ia a jogar fora o estranho

estorvo. As empregadas do Hotel Glória estão habituadas às excentricidades dos hóspedes. Uma delas, moça pálida, de longas tranças negras, a quem ele chama carinhosamente Branca de Neve, costuma trazer baratas e gafanhotos vivos para alimentar Rosa. É a única que não demonstra sentir repugnância alguma pela aranha.
— Virgem! — Suspirou quando a viu pela primeira vez. — Que linda!

O coronel lembrou-se de uma frase de Jean-Henri Fabre, no seu *Souvenirs entomologiques*: "existe beleza em todas as coisas. O que nem sempre existem são olhos capazes de a ver." Uma manhã, enquanto Branca de Neve fazia a cama, Francisco segurou-a por trás, pelas compridas tranças, puxou-lhe a cabeça e beijou-a nos lábios. Ela não resistiu. Tinha pernas altas, musculosas, e a curva perfeita das nádegas resplandecia na suave penumbra do quarto. Houve outros beijos depois daquele até que pouco a pouco se criou entre eles uma cumplicidade de velhos amantes. Francisco, porém, tem a sensação incômoda de que a jovem não se interessa por ele – apenas pela tarântula. Pensa nisto enquanto agarra o telefone e disca um número.

— Onde estás? Que disparate foi aquele?

Euclides não se surpreende. Ri como um regato:

— Viste-me na televisão? Achaste-me bem com o meu fato novo? Mandei-o fazer num velho alfaiate italiano, no Largo do Machado. É cada vez mais difícil encontrar um bom alfaiate. Isso dá-nos a medida da degradação dos valores e dos costumes deste nosso tempo. As pessoas vestem-se todas democraticamente mal.

A voz dele, ligeiramente efeminada, irrita-o. Procurara-o por toda a parte em meio ao tiroteio. Finalmente abrira caminho à bala, descera a favela toda, atirara a pistola para dentro de um quintal e depois de andar um bom pedaço a pé, sem encontrar um táxi, telefonara a Ernesto. O velhote resgatara-o trinta minutos mais tarde, de dentro de um boteco escuro, ia ele na segunda cerveja, e já as ruas estavam cheias de policiais e sirenes.

— Mal reparei no fato. Tinha mais em que reparar. Não podias ter ficado longe dos jornalistas?

— Eu? Eu também sou jornalista. Faço o meu trabalho. Tenho a impressão que tu, sim, devias passar à clandestinidade. Todos os jornais falam na participação de mercenários angolanos na guerra dos morros. As pessoas estão excitadas. O que foi aquilo, uma recaída?

— Não tive culpa! Jararaca meteu-me uma arma nas mãos, e logo a seguir apareceram aqueles muadiés, cães matadores, correndo e disparando, atirando à toa, derrubando tudo o que se mexesse, pareciam loucos ou drogados, ou ambas as coisas. O que é que eu podia fazer? Defendi-me, ripostei, afinal de contas fui treinado para isso. Sou um bom atirador. E no morro, o que dizem?

— Bem, no morro és um herói, claro. Tu e o Catiavala. A polícia está desorientada, tentando separar os boatos das denúncias relevantes, e além disso parece ter receio de investigar o caso mais a fundo. O governo, acho eu, não quer colocar em causa os interesses do Brasil em Angola.

— E essa história do Comando Negro? Quem teve tão desastrada ideia? Foste tu, evidentemente, é como se trouxesse a tua assinatura. Por que não falaram comigo?!

— Tu desapareceste, coronel. Liguei para o hotel e não te encontrei. Liguei para o teu telemóvel e estava desligado. Julguei que tivesses regressado a Luanda. Teria sido uma atitude inteligente. Também não me parece sensato, a propósito, continuar esta conversa ao telefone.

O jornalista tem razão. Nos dias que correm nenhum telefone é seguro. Francisco consulta o relógio. Está parado. Pergunta ao outro que horas são. Cinco da tarde. Florzinha deixou o pijama debaixo do travesseiro. Agora faz sempre isso. Também não aceita levar-lhe dinheiro pelos jogos de amor. O coronel lembra-se do corpo dela, na cama do motel, brilhando como um metal, refletindo a luz negra que caía do teto. Ficaram três noites e três dias naquela gaiola de luxo, brincando entre os lençóis, comendo, vendo televisão. A moça percebeu que alguma coisa acontecera.

— Tu te meteu numa encrenca braba, não foi meu bem?

Seguiu com atenção todas as reportagens sobre a guerra no Morro da Barriga.

— Dizem que havia mercenários angolanos, ouviu moreno?

E depois, num pequeno riso desconfiado:

— Tu não é um mercenário, é?

Ao fim dos três dias Francisco encheu-se de coragem e regressou ao hotel. Estava desorientado. O hotel era a sua casa. Ali, estendido na cama, refletia melhor. Só se decidiu a ligar para Euclides depois que o viu, muito esticado dentro de um fato de linho cru, diante da mesa onde discursava Jararaca.

— No meu café preferido, então, às seis em ponto.

Francisco gosta de lanchar na Confeitaria Colombo. Euclides sabe disso. Talvez a polícia também já o saiba. O coronel veste uma camisa de legítima seda chinesa, um batique discreto, com desenhos a negro sobre fundo creme. Comprou-a em Paris no último Natal. Experimenta umas calças pretas, sapatos da mesma cor. Se o prenderem pelo menos estará elegante. Lembra-se do velho Feliciano Palmares: *"Nenhum rufia enfrenta um homem bem vestido."* Gostaria que o velho tivesse razão.

(o Comando Negro)

A tarde esfriou. Flutua sobre a cidade uma água escura. Chega até eles, junto com a brisa úmida, o tumulto urgente da multidão que lá fora se acotovela. Senhoras tomam chá, muito direitas, o rosto esticado, livre de rugas, num ligeiro sorriso sem expressão. As mulheres da burguesia carioca parecem-se todas umas com as outras. Conta-se até a estória do sujeito que conheceu duas amigas e achou que fossem irmãs:

— São gêmeas? — Quis saber. Uma delas, um pouco constrangida, confessou: — Não, nem sequer somos parentes — frequentamos o mesmo cirurgião plástico.

Euclides pede um leite quente com chocolate.

— Se um dia ouvires dizer que o avião onde eu seguia caiu e que morreu toda a gente exceto um dos passageiros, então abre uma garrafa de champanhe e comemora — estou habituado a ser o único sobrevivente.

Ri. As gargalhadas dele explodem como alegres clarões coloridos no ambiente sombrio do café. Uma senhora pousa a chávena na mesa e olha-o com rancor. Diz para a amiga à sua frente, em voz baixa, mas suficientemente alto para que os dois angolanos a escutem:

— Tenho a certeza que não são brasileiros!

O jornalista ignora-a:

— As pessoas pequenas correm menos riscos durante uma catástrofe porque, obviamente, a nossa área exposta é menor. No caso de um terremoto, por exemplo, um tipo como tu tem cinquenta por cento mais probabilidades de ficar ferido do que alguém como eu. Na hipótese de um tiroteio as minhas chances de sobreviver são ainda maiores.

Conta que se limitou a ficar imóvel, junto à igreja, enquanto as balas bailavam deslumbradas ao redor. Naquela noite não regressou à Pensão Esperança, e tampouco na seguinte, e nem sequer na outra. Dormiu no morro, ou foi dormindo, sempre muito pouco e em sobressalto, repartindo o sono por diferentes casas. Gravou depoimentos, participou em discussões, ajudou a comunidade a despedir-se dos seus mortos, arrebatado pela revolta e pela certeza de estar a testemunhar um momento histórico. Entrevistou Jararaca. Ouviu-o defender a criação de um comando unificado, uma frente de exércitos do tráfico, e assumir publicamente a defesa dos pretos oprimidos das favelas. O Comando Negro, contudo, é apenas um nome. Jararaca não conseguiu convencer os chefes do Comando Vermelho e do Terceiro Comando a participar na aventura. "Crime é crime, política é política", atirara um dos traficantes, preso na Penitenciária de Bangu, quando o traficante telefonou para ele. O que queria dizer é que estava naquela vida para enriquecer (um honesto propósito) e não com o absurdo objetivo de sublevar as massas populares e liderar uma revolta armada.

— Neste país —, dissera, — preto com grana vira branco. Esquece esse negócio de guerra de raças, cara, você só é crioulo porque quer.

Euclides fala de tudo isto com paixão. Francisco Palmares está perplexo. Ele imaginara aquilo. Agora, porém, sente-se ultrapassado pela realidade.

— Não era isto que tu querias?

O jornalista tem os olhos acesos. Um riso trocista. O coronel não sabe o que responder. Foi sempre um espectador, pelo menos desde o acidente na ilha, inclusive quando vez por outra lhe cabe representar o papel principal. Durante o ataque dos polícias ao Morro da Barriga, por exemplo, não experimentou emoção alguma. Viu-se a si próprio de arma na mão, abrindo caminho a tiro, como se estivesse sentado tranquilamente num cinema, ou no seu quarto, no Hotel Glória, jogando um *video game*. Euclides passa-lhe para as mãos uma pequena pasta de cartolina.

— São recortes de imprensa. Alguns falam de ti.

Francisco retira os jornais da pasta. O jornalista teve o cuidado de sublinhar certas passagens. Lê. "*A polícia procura mercenários angolanos envolvidos na Guerra dos Anjos.*" Guerra dos Anjos? Euclides explica que seis dos meninos mortos participavam da procissão. Ele próprio tirou fotografias dos corpos. Uma das imagens, publicada pelo *Diário do Rio*, mostra um anjo negro, de asas abertas, estendido de costas no fundo de uma ravina. Francisco lê frases soltas noutros jornais. "*Um dos policiais que participou no assalto ao morro contou ao nosso repórter ter visto um crioulo alto, vestido com elegância, assassinar com dois tiros certeiros um dos agentes. O policial, que pediu para não ser identificado, afirma que o dito indivíduo, seguramente um militar, gritava instruções aos bandidos com forte sotaque lusitano.*"

— Eu? Eu tenho sotaque português?! Não há paciência! Esses muadiés são muito matumbos! São incapazes de distinguir uma tomada elétrica de um focinho de porco.

Euclides sorri divertido.

— Bem, pelo menos acharam-te elegante.

— E agora?

— Agora? Ou regressas a Luanda, ou assumes o teu papel nesta aventura. Não tens outra escolha.

Rio de Janeiro, Jardim Botânico, apartamento de Anastácia Hadock Lobo, duas horas da madrugada

(navegando no Titanic)

Anastácia abre uma pequena caixa metálica, separa cuidadosamente a fibra escura, enrola-a num fino papel de seda. Acende o cigarro, puxa um trago e oferece-o a Jararaca. O homem recusa.
— Você não devia fumar esse negócio.
Anastácia tosse. Ri.
— O que é isso, cara?! Você vende cocaína, vende maconha, e implica com o usuário?
— Comecei a vender cocaína porque queria ganhar dinheiro. Mas também por ser uma forma de combater os brancos, tá ligada? Uso a droga para destruir o sistema. Sou bandido, sim, vendo cocaína. Se fosse um bom crioulo vendia cocada. Mas sou um bandido com preocupações sociais.
— Em que altura você se deu conta da distância social entre o morro e o asfalto?
— A gente se toca desde pequeno, branquinha, quando vai à casa de uma pessoa rica e a sua mãe é a dona Maria, a faxineira, a pessoa que sempre abaixa a cabeça. Você vê os outros moleques, os filhos do doutor, com brinquedos caros. Eu brincava sabe com o quê? Com latas de Coca-Cola. O meu tio catava as latas, botava rodinhas nelas e assim viravam carrinhos, tá ligada?

— Você conheceu o seu pai?
— Meu pai era policial. Saiu de casa quando eu tinha quatro anos. Nunca mais soube dele. Uns dizem que morreu. Outros que virou matador. Pode ser.
— Pode ser o quê?
— Ambas as coisas podem ser verdade.
— Você gostaria de se encontrar com ele?
— Se o encontrasse agora eu o matava. Eu lhe acertava um tiro em cada olho por tudo que ele fez a minha pobre mãe passar.
— Matavas mesmo?

Jararaca abraça-se à mulher. Esconde o rosto no seu peito. Pensa no pai. Lembra-se dele sentado à soleira da porta, tomando sol, afagando o ventre largo. Sentava-o nos joelhos:
— E aí, Cazumbi?

Dera-lhe aquele nome porque o pequeno Jesuíno sofria de insônias e às vezes encontravam-no vagueando pela casa, à noite, como uma assombração. Só ele o chamava assim.

MV Bill canta.

"Seja bem-vindo ao meu mundo sinistro
saiba como entrar
droga, polícia, revólver
se não acredita no que eu falo
então vem aqui pra ver a morte de pertinho,
para conferir
vai ver que a Justiça aqui é feita à bala
a sua vida na favela não vale nada
mente criativa, pronta para o mal
aqui tem gente que morre até por um real
e quando a polícia chega todo mundo fica com medo

*a descrição do marginal é favelado, pobre, preto,
na favela corte de negão é careca,
é confundido com traficante, ladrão de bicicleta
está faltando criança dentro da escola,
estão na vida do crime e o caderno é uma pistola."*

— Eu sinto muito a falta dele, sabe?

Navegam abraçados no Titanic. Parece a Anastácia que a grande cama verde flutua pelo quarto ao sabor da brisa. A floresta entra pela janela. Obscura litania vegetal, cheiro acre de fruta madura, remoto frescor de água caindo entre a folhagem densa. A mulher esforça o ouvido. Julga distinguir, em meio aos mil mínimos ruídos da mata, um alarido distante de macacos e a seguir, nitidamente, o grito agudo de um mocho. Pode ser efeito da maconha. Tudo lhe parece mais intenso, as cores surgem saturadas, os sons com arestas luminosas. O Cristo Redentor acende-se de súbito no alto do Corcovado. Está de costas para eles. Anastácia vê nisso um mau presságio.

— O Cristo está de costas para nós!

— É. — Jararaca não percebe porque Anastácia se assusta com a disposição da estátua. — Sempre o conheci desse jeito, nunca lhe vi a cara. Acho que nem o reconheceria se um destes dias me cruzasse com ele na rua.

A mulher ri. Uma risada convulsa, exagerada, que lhe agita os bicos dos seios, e ecoa lá fora, contra a grande pedra negra, e se espalha depois pela noite imensa, a floresta fechada, a cidade adormecida junto ao mar.

— Gostei de ver você na conferência de imprensa. Senti muito orgulho. Mas também fico com medo. Tem a certeza de que ninguém te seguiu até aqui?

— Certeza eu não posso ter, branquinha. Na vida que escolhi viver cada novo dia é um dia a mais, uma bênção. Os meus dois irmãos foram assassinados antes de completarem vinte e cinco anos. Companheiros, amigos de infância, já morreram todos. Eu sou um pouco mais cuidadoso e por isso continuo vivo. Ando faz alguns anos contrariando as estatísticas. Os tiras estão à minha procura, sim, mas acham que não me atrevo a sair do Morro da Barriga.

Os olhos amendoados do bandido brilham na penumbra. Anastácia abraça-o, enrosca-se nele, afunda a cabeça no seu sovaco.

— O meu lugar é aqui.

Lembra-se do Acidente e pela primeira vez não sente dor, nem vergonha, nem remorsos. Naquele dia chegou a casa mais cedo, sem avisar, carregando um enorme ramo de rosas vermelhas, cinquenta e duas precisamente, porque era o aniversário dele, e o bruto gostava de rosas. Aliás, ela deveria ter desconfiado, logo no início, quando pela primeira vez ele lhe disse que gostava de rosas. Que tipo de homem realmente gosta de rosas?

Jararaca faz-lhe um cafuné.

— Você não parece saber muito da vida.

Ela sorri. Esquece o Acidente.

— Tudo que sei aprendi nos livros. Durante muitos anos eu nem vivia, lia. Sou uma pessoa construída na literatura.

A campainha da porta rasga com um estrídulo agudo o silêncio da noite. Anastácia estremece. Salta da cama. Veste uma camisa. Jararaca agarra-lhe um braço.

— Você está esperando alguém, branquinha?

— A esta hora? A última pessoa que deixei entrar, a uma hora assim, foi você — e olha no que deu!

— Não abre!

— Não vou abrir. Preciso saber quem é...

Anastácia caminha até à cozinha e ergue o interfone. Uma voz capaz de seduzir serpentes, grave e calma, sopra-lhe ao ouvido.

— Diga ao Jararaca que Jorge Velho está aqui em baixo. Diga-lhe que estou sozinho e desarmado. Diga-lhe que só quero conversar. Posso subir?

Anastácia conhece aquele nome mas não consegue lembrar-se onde o ouviu antes. Jararaca está de cuecas à sua frente. Segura uma pistola com ambas as mãos. Ela pousa o interfone. Agarra-lhe os pulsos obrigando-o a baixar a arma. Treme.

— Jorge Velho, você sabe quem é? Diz que veio sozinho e desarmado. Diz que só quer conversar. O que faço?

Jararaca olha-a confuso.

— O delegado?! Tô no veneno, branquinha! Tô mas é birimbolado!

Corre para o quarto, veste as calças, tira de um saco uma outra pistola e entala-a no cinto. Quando regressa à cozinha está muito calmo. Abraça a mulher com doçura.

— Esse cara é fio desencapado, sabe? Uma navalha aberta, mas tem fama de honesto. Diga pra ele subir e depois vá pro quarto e se feche lá. Não saia se ouvir pipocar. Não saia por nada desse mundo. Fique sossegada, minha luz, vai tudo correr bem.

Beija-a.

— Eu amo você, branquinha.

Ela abana a cabeça.

— Eu fico. Você ainda não percebeu? Estou do seu lado. Quero estar sempre do seu lado.

(um pacto social)

Jorge Velho entra com as mãos abertas, colocadas à altura dos ombros. Anastácia acha aquilo um pouco ridículo. Faz-lhe lembrar um filme de caubóis.
— Não trago arma alguma. Pode confirmar.
Jararaca encosta-lhe a pistola à nuca.
— O que você quer?
O delegado baixa os braços. Veste uma camisa vermelha, cor de terra, calças brancas de bombazina. Usa na orelha direita um pequeno brinco de ouro. A voz calma e funda, quase doce, não revela receio algum.
— Só quero conversar. Não podemos conversar de igual para igual, claro, porque eu sou um homem da lei e o senhor um bandido. Eu torço pelo Vasco, você pelo Flamengo. Mas somos os dois brasileiros, não é assim? Podemos conversar.
Jararaca não sabe o que fazer com a pistola. Passa-a de uma mão para a outra. Por fim pousa-a na comprida mesa onde Anastácia costuma trabalhar e faz sinal a Jorge Velho para que se sente numa das cadeiras.
— Branquinha, por favor feche as janelas. Feche tudo. Eles podem ter atiradores na floresta.
O delegado senta-se. Sorri com fleuma.
— Vim sozinho. Ninguém sabe que estou aqui. Nem sequer Bárbara, minha mulher.
— O senhor me seguiu?
— Não. Imaginei que estivesse aqui e vim. Pura intuição.
Anastácia cerra os estores. Caminha devagar até à sua mesa de trabalho e agarra a pistola. Aponta-a ao peito do delegado.

— Intuição. Curiosa palavra. Vem do latim tardio, com o significado de imagem refletida por um espelho. Sabia?
Jararaca assusta-se.
— Largue esse ferro, amor. Você não sabe mexer com armas.
— Sei o suficiente. Sei por exemplo que se apertar aqui, neste troço, um tira morre. Não viu isso no seu espelho mágico, delegado? Intuição é coisa de mulher. O resultado de milhares de anos sem pensar — dizem os machistas. O que você acha?
— Está certo, garota. Talvez intuição não seja o termo correto. Na verdade calculei que Jararaca estivesse aqui. Um passarinho me disse que uma famosa artista plástica passara a frequentar o Morro da Barriga. Garotas como você, de boas famílias, nascidas em berço de ouro, costumam ser atraídas pela escuridão. Não foi difícil descobrir o enredo todo.

Jararaca tira a pistola das mãos de Anastácia, guarda-a no cinto e senta-se muito aprumado numa cadeira em frente ao chefe da polícia. Jorge Velho alisa a barba com a mão direita. A única claridade, agora que Anastácia cerrou os estores, emana de duas velas tímidas aos pés de uma imagem de Nossa Senhora Aparecida. Os dois homens olham-se fixamente. Estão imóveis, em silêncio, enquanto as suas sombras dançam nas paredes um bailado lento. Anastácia acende a lâmpada da sala. Debaixo da luz fria e crua, de um fulgor sem complacência, Jararaca parece dez anos mais velho. A pele é baça e estragada. Tem olheiras fundas e nos olhos rasgados uma tristeza antiga. Jorge Velho sente piedade dele. Volta-se para Anastácia.

— Você também instalou lâmpadas de tungstênio em casa para poupar energia? Logo você, garota, uma artista?!

Como está feia, a nossa cidade, Meu Deus! Com essa luz de açougue por toda a parte. Até os botecos, que deviam ser lugares sagrados, parecem agora necrotérios. Eu me sinto mal, me sinto como um cadáver, um cadáver pronto a ser dissecado, debaixo de uma luz assim.
— Quero ver a sua cara enquanto você fala. Quero saber se está mentindo.

Jararaca impacienta-se:
— O senhor não queria falar comigo? Pois comece a falar.

Jorge Velho tira um charuto do bolso da camisa e mostra-o a Anastácia.
— Posso fumar?
— Se quiser pode até fumar um baseado. Minha casa é território livre. Aqui cada um faz o que quer.
— Não tenho nada contra a maconha, garota. Quem quiser fumar maconha, que fume no seu canto, sem azucrinar. Acho que todas as drogas deviam ser legais. Não gosto é dos bandidos que lucram com a desgraça alheia.

Jararaca sacode os ombros. Sorri, trocista.
— Você é evangélico, delegado? Veio aqui para me salvar do pecado? Estou perdendo a disposição. Afinal qual é o papo?

A irritação do traficante diverte Jorge Velho. Pede a Anastácia que lhe dê um pouco de água. Ela vai à cozinha e regressa com um copo e uma lata de cerveja. O delegado recusa.
— Obrigado. Só bebo cerveja preta.

Anastácia vai buscar água. Jorge Velho bebe devagar. Demora-se a saborear o charuto. O fumo atenua um pouco a crueza da luz.

— Sabe que eu conheci o seu pai? Era pernambucano, certo? Passava o tempo a cantarolar modinhas de Olinda, frevos, eu sei lá. Foi um bom policial, mas depois meteu-se em sarilhos, jogo...

— Meu pai?! Eu não tive pai! Ou você fala o que quer ou vai já embora. Ou então vou eu embora. Não tou a fim de ficar proseando manso com o senhor, tá ligado?

— Calma. Se você quer virar político vai ter de aprender a dominar-se. Político sabe engolir desaforo. Vim aqui, aliás, apenas para lhe perguntar isso. Você quer mesmo virar político?

— Eu quero defender o meu povo.

— O nosso povo.

— Não, o meu povo. O povo negro das favelas. O povo escravizado, cuspido, humilhado ao longo de séculos, as vítimas do capitalismo colonial.

— O que é um negro? Minha bisavó materna era bem preta. Se você é negro eu também sou.

— Você é negro quando lhe convém. Estou de saco cheio com esse papo, tá ligado? Isso é conversa para boi dormir. Nem sei quem foi minha bisavó materna. Pode ser que fosse sueca. Imaginando que sim, que era sueca, você acha que eu posso andar por aí dizendo que sou branco, acha que tenho cara de sueco? O pessoal ia rir muito.

— Olha, garoto, você está enfiando a mão num ninho de marimbondos. Qualquer um pode ser bandido. Outra coisa, muito diferente, é organizar uma revolução. Os tais capitalistas que você gosta de xingar, burgueses daninhos, canalha que odeia o Brasil, nisso estamos de acordo, não se importam com o destino dos traficantes. Quem é você, afinal, para essa gente? Um pequeno rei de favela, um desgraçado que não lhes faz a mínima sombra. Se você não perturbar, tudo bem, eles te deixam pegar alguns trocos. Mas não vão permitir uma revolta de escravos. Não vão não senhor. Há homens neste país, de quem você nunca ouviu falar, que têm mais poder do que o Presidente José Inácio. O Ministro da Defesa, um louco chamado Mateus Weissmann, quer mandar os soldados ocuparem o Morro da Barriga — sabia disso? E quem acha que está por detrás dele? Meu Deus! Será que você não percebe que pode começar uma guerra?

Jararaca escuta-o muito grave, muito direito, os olhos quentes e luminosos. Depois fala devagar, realçando as sílabas, como se explicasse algo numa língua estrangeira e receasse não ser bem compreendido.

— Guerra?! Nós, no morro, já vivemos em estado de guerra. Não nos custa nada levar a guerra ao asfalto. Ou a burguesia vai dividir conosco a riqueza do país, riqueza que nós geramos, ou nós vamos dividir com eles a miséria a que nos submeteram. É uma questão de legítima defesa, tá ligado? Quero ver o sangue dos brancos, sim senhor, quero ver se os brancos têm o sangue igual ao nosso!

Jorge Velho levanta-se num ímpeto, coloca a mão espalmada no peito do outro, e por um brevíssimo instante parece que lhe vai bater. Volta-se e dá um soco na parede. Jararaca saca a pistola do cinto. O delegado arranca-lhe a arma com uma pancada seca. Agarra-lhe o punho.

— Acha que eu acredito na sua sinceridade?! Acha que alguém acredita? Você é burro! Você é um bandido burro. Não te dou nem dois meses de vida, rapaz. Você vai aparecer morto numa lixeira, com o corpo crivado de balas, e durante algum tempo isso será notícia nos jornais. Aproveite a glória lá no inferno. Não irá durar.

Volta a sentar-se. Anastácia agarra a pistola, caída no chão, e devolve-a a Jararaca. O delegado passa as mãos pela barba. Faz um grande esforço para se acalmar.

— Jararaca, por favor, não misture as coisas. Vamos fazer um trato. Você me entrega os nomes dos policiais corruptos e eu prometo que aquilo que aconteceu a vinte de janeiro não se repete nunca mais.

— Pode esquecer, velho. Não sou delator.

Anastácia encara o delegado. Há ódio nos olhos dela.

— Chega. É melhor o senhor ir embora.

Jorge Velho levanta-se e caminha em direção à porta. Antes de sair volta-se para trás, faz menção de dizer qualquer coisa, desiste, abana a cabeça e sai.

Rio de Janeiro, Pensão Esperança, dez horas de uma manhã de cristal

(enorme agitação entre a classe política)

"Anjos negros morrem no Rio."
Euclides escreve, nu, sentado à secretária. Usa uma velha Montblanc com tinta violeta e densas folhas de papel almaço. Não se rendeu inteiramente aos computadores. Durante o curto período em que trabalhou num jornal diário, em Lisboa, instalou no computador um programa que imitava o matraquear das velhas máquinas de escrever, inclusive com a sineta no final de cada linha. Isso ajudava-o a escrever. Desde que chegou ao Rio voltou a redigir os seus artigos à mão. Passa depois pela Livraria Letras & Expressões, em Ipanema, e sobe ao primeiro andar, ao Café Ubaldo, que possui três computadores ligados à Internet. Euclides datilografa os artigos num dos computadores e envia-os para Lisboa.
"Massacre numa favela carioca. Anjos negros morrem no Rio." Relê o título em voz alta. Parece-lhe bem. Continua. "Subiu para oito o número de crianças mortas durante uma invasão da polícia ao Morro da Barriga, no Rio de Janeiro, no passado dia vinte. Além destas oito crianças pereceram também quatro mulheres e doze homens. Os traficantes, que dispõem de armamento pesado, responderam ao fogo dos invasores durante duas horas. A polícia acabou por se retirar

deixando no terreno, mortos, sete dos seus agentes. Foi o maior confronto ocorrido até hoje numa favela brasileira. Jararaca, o chefe dos traficantes do Morro da Barriga, conseguiu juntar sábado, numa espetacular conferência de imprensa, uma dezena de jornalistas, entre os quais dois operadores de câmara. Os jornalistas, convocados por telefone, foram conduzidos de olhos vendados desde uma praça contígua à favela até um barracão em ruínas. Jararaca acusou a polícia de corrupção e racismo. O ataque, segundo ele, aconteceu como represália pelo fato de o seu grupo se recusar a fornecer aos polícias uma percentagem do lucro obtido com a venda das drogas. Os traficantes apresentaram durante a conferência de imprensa um vídeo amador, produzido por eles próprios, no qual se pode ver um grupo de polícias junto a uma boca de fumo (nome que no Rio de Janeiro se dá a um local de venda de drogas), a receber dinheiro das mãos de dois adolescentes armados com metralhadoras. Um dos rapazes veste uma camisa na qual se podem ler as letras CV, sigla de Comando Vermelho, bando que controla o Morro da Barriga. A cena foi filmada poucos dias antes de Jararaca ter decidido romper o acordo informal, que durava há anos, com os agentes corruptos. A conferência de imprensa de Jararaca está a provocar enorme agitação entre a classe política, em parte por causa da divulgação do vídeo, em parte devido ao discurso do traficante, que se assumiu como porta-voz da população de origem africana. '*África já foi descolonizada. Falta descolonizar o Brasil,*' disse Jararaca. *Queremos ver os índios e os negros no poder*.' O Presidente José Inácio reuniu-se a noite passada com o governador do Rio de Janeiro, Pedro de Almeida, sendo quase certo que discutiram a possibilidade de uma intervenção militar no

Morro da Barriga. O Ministro da Defesa, General Mateus Weissmann, defendeu recentemente a tomada da favela pelos seus homens. Falando num programa de grande audiência, do Canal Planeta, Weissmann disse que o Rio de Janeiro não pode continuar refém de um grupelho de criminosos. '*O Brasil não é África*', acrescentou. '*O exército está preparado para defender a pátria, lá onde a subversão ameaça e a desordem campeia. Não temos medo de nada.*' O chefe da polícia do Rio de Janeiro, Jorge Velho, opõe-se ferozmente à intervenção das forças armadas. Contactado por telefone pelo nosso jornal, disse não acreditar que a ocupação violenta do Morro da Barriga, ou de qualquer outra favela, consiga resolver o problema do tráfico. '*A violência institucional favorece os traficantes. O exército já antes ocupou favelas e não conseguiu exterminar o tráfico ou diminuir a criminalidade. O governo quer realmente eliminar o tráfico? O primeiro passo é legalizar a maconha e a cocaína. A seguir poderíamos utilizar os milhões de dólares que hoje se gastam no combate à droga na urbanização das favelas e na educação das pessoas.*' O Presidente José Inácio não irá certamente aceitar a sugestão de Jorge Velho. Mas também não parece provável que dê ouvidos ao General Weissmann. No Morro da Barriga, contemplando aos seus pés a cidade inquieta, Jararaca tem boas razões para festejar. Ele ganhou a primeira batalha, contra os polícias que tentaram invadir o seu território. E está a ganhar a segunda, nos meios de comunicação social, contra o governo legítimo do Brasil."

  Euclides escreve devagar, quase sem emendas, numa caligrafia redonda e apurada. Detém-se às vezes a contemplar a límpida torrente de luz que entra pela janela, bate de encontro ao azul marítimo das paredes e se dispersa por fim, como água amansada, pelo largo soalho de madeira. Conclui o artigo. Relê-o e assina. Salta da cadeira e estende-se ao sol, num velho sofá de veludo vermelho, os curtos braços cruzados sob a cabeça. O tempo está a mudar. No céu luminoso correm agora densas nuvens negras. A maioria das pessoas olharia com desgosto para as nuvens. O jornalista, contudo, sorri. Impressiona-o a beleza daquele instante. O prodígio de milhões de partículas de água suspensas na atmosfera. Um rio que desliza escuro sobre a cidade.

Levanta-se e procura o caderno de Dona Felicidade. Abre-o ao acaso e lê:

"Virão gafanhotos, grandes como elefantes e armados de armaduras resplandecentes, e os guerreiros negros de Ginga e Ekuikui não terão descanso. Virão os tempos da ruína e do êxodo. Os paus de imbondo nascerão com cabeças de gente no lugar das múcuas, e as cabeças hão de cantar canções tristíssimas, soprando e soprando sombras à boca pequena da noite. Uma escuridão como nunca se viu antes cairá sobre todas as coisas."

Rio de Janeiro, Ipanema, Clube Francês, quinze horas

(uma coisa preta a nadar na piscina)

A menina olha-o fixamente. Tem quase a sua altura e é muito loira, com uma pele diáfana e uns olhos de safira, intensos e cristalinos. Euclides sofre uma vertigem, sente que vai cair dentro deles como no abismo de um fundo céu de verão.

– Você é muito pequeno.

Franze a testa. Reflete um pouco.

– Vovô diz que o senhor é anão. Quero saber uma coisa: ela vive na sua casa?

Euclides, que acaba de sair da piscina, adivinha os olhos dos restantes banhistas cravados neles. Sorri timidamente.

– Quem?

– A Branca de Neve, ora!

Um homem chama a menina.

– Maria, venha aqui.

Ela sacode a leve cabeleira loira.

– Vovô disse que tinha uma coisa preta nadando na piscina. Você é muito preto mesmo. Um senhor muito pequeno e muito preto.

O homem vem ter com eles. É um sujeito dos seus sessenta anos, alto, de ombros largos, cabeça rapada, queixo quadrado. Euclides julga reconhecê-lo, não obstante tê-lo visto uma única vez, na televisão, vestido com a sua farda de general, e ele está agora de bermudas e óculos escuros.

— Não lhe disse para não falar com estranhos?

— Não é um estranho, vovô. É um anão, um dos sete, o amigo da Branca de Neve.

O homem agarra a menina ao colo. Estuda Euclides com uma expressão de desgosto. O jornalista estende-lhe a mão.

— Bom dia. Chamo-me Euclides Matoso da Câmara...

O outro deixa-o ficar de mão estendida.

— Como entrou aqui?

Euclides sente a mostarda a subir ao nariz.

— Vim com uma amiga. E o senhor?

O homem olha-o irado mas não responde. Volta-lhe as costas e caminha em direção ao restaurante. Anastácia Hadock Lobo aproxima-se de Euclides, enquanto enxuga o corpo com uma toalha. O cabelo, molhado, parece mais negro. Escorre-lhe pelos ombros, pelas costas, contrastando com o claro fulgor da pele.

— O que aconteceu? O que ele queria?

— Você sabe quem é o sujeito?

— Claro. Posso ser meio alheada, mas volta e meia também vejo televisão. Leio os jornais. Chama-se Mateus Weissmann e é o nosso Ministro da Defesa, um fascista, casado com uma perua riquíssima, de uma velha família carioca — só por isso o deixaram ser membro do clube. Diz-se que torturou e assassinou presos políticos durante a ditadura. O que ele queria?

— Queria saber o que fazia um preto a nadar na piscina do Clube Francês.

— Ele disse isso?! Ah, não, o filho da puta!

— Não se preocupe, Anastácia. Estou habituado.
— Mas eu não estou. Isso não fica assim. Espere um momento aqui.

Anastácia corre atrás de Mateus Weissmann. Encontra-o sentado a uma das mesas, no relvado, ao lado de dois outros homens com jeito de militares. Posta-se à frente deles, as mãos na cintura, o corpo inteiro luzindo de cólera. Grita:
— Racismo neste país é crime, está sabendo? Exijo que peça desculpas ao meu amigo!

O general tira os óculos escuros. Está surpreso. Os olhos são verdes e perigosos. Lembra um pouco Frank Sinatra. A voz sai-lhe aguda, dura, uma lâmina.
— Desculpas?! Você sabe com quem está falando?

O sujeito sentado à sua direita agarra-o pelo ombro.
— Fique calmo, Mateus. Vamos embora.

O outro, ao lado esquerdo, acrescenta com escárnio:
— Vamos sim, general. Este clube não é mais o mesmo. Em minha casa preto só entra se for sapato.

Os três riem muito.
— E olha lá, hein! — Diz Mateus Weissmann. — Eu, por exemplo, só uso sapato branco.

Levanta-se. Olha Anastácia de alto a baixo, num silêncio sombrio, deixa algum dinheiro sobre a mesa, chama a neta que brinca no relvado e afasta-se com os amigos.

(um avião na tempestade)

Euclides, estendido numa espreguiçadeira de plástico, parece dormir. Anastácia, ao seu lado, bebe um suco de laranja. Estão sozinhos. Um pardal refresca-se na piscina.

Prédios espreitam, altos, arrogantes, para além dos muros do clube.
— É um sossego isto.
Anastácia concorda.
— Um sossego rodeado de tumulto por todos os lados.
Euclides abre os olhos. Fita-a com curiosidade.
— Confessa —, diz sorrindo, — trouxeste-me aqui *pour épater la bourgeoisie*, como diria o meu falecido padrinho, não foi?
— Claro que não. Nem pensei nisso. Você gosta de piscinas. Gosta de nadar. Pensei que lhe agradasse vir aqui. Meu pai é sócio do clube mas não aproveita. Meu irmão também não. Apenas eu venho, de vez em quando, nadar um pouco ou jogar tênis.

Um homem jovem, musculoso, sai dos balneários masculinos, aproxima-se da piscina e mergulha em silêncio no líquido esplendor azul. Move-se com gestos perfeitos. A água abre-se sem tumulto à sua passagem. Euclides observa-o. Suspira. Acaricia pensativo o bigode espesso, ainda úmido, caído sobre os lábios. Anastácia segue-lhe o olhar:
—Você é mesmo veado?
— Sou.
— Não brinca, isso é piada. Negro, anão e veado. É demais. Só pode ser piada.
Euclides larga uma gargalhada mansa.
— Acho que consigo ser tudo o que Mateus Weissmann odeia. Três em um: preto, homossexual e aleijado. Agora tu surpreendes-me. Julgava-te menos preconceituosa. Não esperes que comece aqui a cantar, como fazia o Jorge Ben, mil anos atrás, que o negro é lindo.
Cantarola:

"Negro é lindo, o negro é amor
Negro é amigo
Negro é lindo, o negro é amor
Negro é amigo
Negro também é filho de Deus."

  Cala-se. Tenta recordar-se do resto da letra. Abana a cabeça vencido. Não tem a memória de Francisco Palmares. Trauteia a melodia.
  – Lembras-te disto? Não, tu eras muito nova, não podes lembrar-te. Na altura parecia menos estúpido. Quanto ao fato de gostar de homens, bem, tu também gostas, não é? Escuso de enumerar as vantagens. Ser anão... isso, sim, aflige-me... não há nada romântico em ser anão... claro que gostaria de ter mais trinta centímetros... mas, enfim, até isso depende da perspectiva... assisti uma vez, em Nova Iorque, a um debate na televisão a propósito de um novo método capaz de detectar com muita antecedência se uma mulher está a gerar um filho com acondroplasia... a minha doença. Bem, como deves saber, um casal de anões pode ter um filho saudável, caso não herde nem do pai nem da mãe os genes responsáveis pela doença. Será anão se herdar os genes de um dos genitores; morre se herdar os genes dos dois. No debate participava o médico responsável pela descoberta e um dirigente da Associação dos Homens Pequenos da América... Não te rias, existe mesmo... O médico contou que muitas mulheres com acondroplasia o procuravam para saber se deviam abortar. Surpreendentemente, para ele, algumas pretendiam abortar o feto saudável. O dirigente da Associação dos Homens Pequenos da América defendeu esta posição. O que é que um casal de pessoas pequenas vai fazer com um gigante dentro de casa?

Anastácia ri. Olha-o com ternura.

— Você é incrível, sabia? Nestes últimos meses tenho aprendido muito com você. Aprendi a enfrentar com alegria todas as tragédias da vida. Você é o meu guru.

O jornalista endireita-se na cadeira. Entardece. A luz é agora mais doce, o céu faz-se cor de cobalto. Um piar de aves, entre as lâminas dos coqueiros, sobrepõe-se ao rugir nervoso da cidade. Nas avenidas Prudente de Morais e Vieira Souto o trânsito corre intenso. Euclides conta que em 1994 regressou clandestinamente a Angola, via Kinshasa, capital do antigo Zaire, hoje Congo, num avião pirata a serviço da guerrilha, para uma reportagem destinada a um jornal português. Voavam de noite, muito baixo, de forma a iludirem os radares. As luzes apagadas. Foi no início da estação das chuvas. A escuridão entrava às golfadas pelas janelas — uma substância macia, profunda, misteriosa —, e era como se viajassem no dorso suave da própria noite. Euclides já dormitava quando, de súbito, um brutal clarão lhe bateu no rosto. Ouviu-se logo a seguir um terrível estrondo e o aparelho saltou, empinou-se, torceu-se todo num chiar de metais, ao mesmo tempo que os bagageiros se abriam e as malas rolavam enfurecidas pelo corredor. Um novo clarão incendiou a cabina e Euclides viu o susto imóvel dos outros passageiros — a fotografia do horror.

— É isto o fim?

A pergunta saltou-lhe dos lábios. Talvez nem fosse uma pergunta. Não pensou que tivesse resposta. Ninguém gritara. Era como se estivesse sozinho. Então um sujeito sentado à sua esquerda segurou-lhe a mão com força.

— Vamos rir! — Ordenou. — Se temos de morrer, maninho, é bom que seja a rir. Além disso, uma boa gargalhada é melhor que uma oração. Eu afasto as tempestades à gargalhada. Quer ver?

E riu alto e com gosto. O avião estremeceu, lançou-se para a frente num ímpeto, venceu a tempestade e mergulhou de novo na escuridão e na paz. Euclides lembra-se daquele homem, cujo nome nunca soube, sempre que está a atravessar uma situação difícil.

– Nós, angolanos, somos otimistas. Os pessimistas já se suicidaram todos. – diz isto e fica sério. – O pessimismo é um luxo dos povos felizes.

Rio de Janeiro, Morro da Barriga, entardecer de domingo

(aquele por quem se espera)

Euclides chega dez minutos antes da hora. Aquela é uma pracinha igual a tantas outras no Rio de Janeiro. Um pedaço de terra, com algumas árvores, entalada entre prédios taciturnos. Um velho, numa barraquinha, vende cachorros-quentes e refrigerantes. Ao lado, um outro oferece cigarros indonésios, de Bali, marca *Gudan Garan*, com perfume de cravo. Num banco, à sombra roxa de um ipê, dois adolescentes beijam-se com fúria. Há no ar um cheiro forte de cebola, de cravo e de liamba. Quem passe pela praça, distraído, pode nem reparar nos soldados do tráfico. Eles, no entanto, andam por ali, misturados com os outros meninos, vestidos como eles, de bermudas e camisetas coloridas, na sua maioria com emblemas de clubes de futebol, conversando sem rumo – a diferença é que carregam metralhadoras. Euclides vê chegar o jornalista Pedro Bueno, do Canal Planeta, que conheceu meses atrás durante a entrevista com a imprensa de Jararaca. Alto, gestos firmes, tem uma voz tão clara, tão cheia de luz e de calor, que tudo o que diz parece brilhar. Chamam-lhe, sem ironia, O Amigo Público Número Um.

– Como vai, angolano? Fico feliz por rever você. Vem conosco? A Doutora Bárbara já chegou? O Jacaré teimou e teimou em fazer a entrevista no morro. Nem sei como vai ser, tenho ali uma kombi com o material todo, dois câmaras e um técnico de som. Entro direto daqui a uma hora e cinco minutos. Acha que nos vão colocar vendas nos olhos, como da última vez?

Euclides cumprimenta-o. Confunde-o a eloquência, o entusiasmo do outro. Elogia-lhe a elegância:

— Belo terno!

Pedro Bueno sorri. Imita o sotaque português:

— Terno, pá? Pensei que não usasses brasileirismos. Esperava que um gajo como tu dissesse fato... camisa de noite em vez de camisola, bicha em vez de fila, paneleiro em vez de bicha, autocarro em vez de ônibus. Estás finalmente a render-te ao Brasil?...

— Terno vem do latim. Um terno é um grupo de três coisas, no caso, peças de roupa: casaco, calças e colete. Você, inclusive, traz colete, o que hoje em dia começa a ser raro. Dou-lhe os parabéns pelo bom gosto.

E sim, Jararaca convidara-o, dissera-lhe que se o Canal Planeta não achasse inconveniente, ele poderia escrever alguma coisa sobre o debate para o seu jornal. E não, ainda não vira Bárbara Velho. Quanto a forçarem-nos a subir o morro de olhos vendados, bem, parecia-lhe um disparate, ele próprio já visitara a favela várias vezes, andara sozinho por toda a parte, conhecia os cantos da casa.

Bárbara Velho surge nesse instante, bela como um vendaval, cumprimenta Pedro Bueno com a afabilidade de uma velha amiga, abre para Euclides um largo sorriso de dentes perfeitos. Bueno apresenta-o:

— Euclides, jornalista angolano.

– Angolano? Tem muito angolano aqui, não é? Sabe que até aos anos sessenta o governo proibia a imigração africana?

Um menino franzino, corpinho de arame, olhos turvos, envelhecidos, que não parecem pertencer-lhe, aproxima-se timidamente deles. Curva-se e segreda algo ao ouvido de Euclides. O jornalista estende-lhe a mão.

– Luís Mansidão, claro, você trabalha com o Jararaca. Jacaré está à nossa espera?

Pedro Bueno vai chamar os técnicos e seguem depois atrás de Mansidão. Formam um estranho grupo: Bárbara Velho num flamejante vestido encarnado, colar de pérolas, unhas pintadas de branco; Pedro Bueno, discreto, num fato cinzento; Euclides vestindo um dos seus habituais casacos de linho, genuíno chapéu panamá, largo laço dourado; os técnicos carregando as câmaras, microfones e projetores, e, a fechar o desfile, três soldados do morro.

Jacaré espera-os no interior de um enorme pavilhão desportivo. Dezenas de crianças dançam voltadas para o palco. Euclides recua, leva as mãos aos ouvidos, sente no peito, no coração, a bruta pancada do som. É como se tivesse ao colo uma britadeira. Grita para Pedro Bueno:

– A música está muito alta.

O Amigo Público Número Um não consegue ouvi-lo. Sorri; encolhe os ombros num gesto de impotência. Depois baixa-se e berra-lhe ao ouvido:

– Esse barulho de *rap* é coisa de maluco.

Meninas de seis e sete anos bamboleiam os pequenos corpos. Vestem apertadas calças de *lycra* e, sobre o peitinho infantil, minúsculos *tops* de malha. Algumas têm os lábios pintados de vermelho carmim e quase todas parecem saber de cor os versos de MV Bill, o Mensageiro da Verdade:

> *"Não posso ficar de bobeira na pista*
> *na vida que eu levo eu não posso brincar*
> *eu carrego uma nove e uma AK*
> *pra minha segurança e tranquilidade do morro*
> *se pum, se pam! eu sou mais um soldado morto*
> *vinte e quatro horas de tensão*
> *ligado na polícia, bolado com os alemão*
> *disposição cem por cento até o osso*
> *tem mais um pente lotado no meu bolso*
> *qualquer roupa agora eu posso comprar*
> *tem um monte de cachorra querendo me dar*
> *de olho grande no dinheiro, esquecem do perigo*
> *a moda aqui é ser mulher de bandido."*

Jacaré emerge da confusão, de óculos espelhados, gingando o corpo suado, sacudindo a fantástica trunfa, as grossas tranças erguidas no ar como serpentes. Rodeiam-no garotos de metralhadoras nas mãos, fascinados pelo fulgor violento do seu discurso, as suas certezas, o ritmo hipnótico com que move o corpo. A música cala-se. Pedro Bueno abre os braços:

— Jacaré, rapaz, meus parabéns. Ouvi o disco. Excelente, sabia? Gostei muito.

O cantor detém-se diante dele, braços cruzados:

— O que tu quer?

— Bem —, explica Bueno, confuso, vexado, sem saber onde colocar as mãos, — o que pretendemos é aproveitar o lançamento do seu primeiro disco para refletir sobre o papel dos *rappers* enquanto poetas da periferia, sobre a violência nas grandes cidades do Brasil, sobre o massacre de vinte de janeiro, e, é claro, sobre o problema do negro.

— Tu acha então que preto é problema?!
— Eu não disse isso.
Bárbara sorri desafiadora:
— Você me desculpe, mas disse, sim. Há expressões automáticas que refletem todo um processo mental. As nossas cabeças estão colonizadas.
Jacaré ignora-a.
— Eu expliquei que queria um jornalista preto, um crioulo. Lá no Canal Planeta não têm jornalistas pretos?
O Amigo Público Número Um olha aflito para Bárbara. Olha para Euclides. Percebe de repente que é o único branco ali. A socióloga intervém apaziguadora.
— Está certo, Jacaré. Você já mostrou qual a sua posição. Está com sorte, sabe? Pedro Bueno é um dos melhores jornalistas deste país. Onde vamos fazer a entrevista?
Jacaré encolhe os ombros. Dá ordens para interromper a festa. Mostra-lhes uma sala nos fundos.
— Está bem aqui?
Na parede há uma faixa com as palavras "Comando Negro" e uma bandeira do Clube Militar de Luanda — um punho negro, segurando uma metralhadora, no centro de uma estrela amarela sob fundo vermelho. Foi Francisco Palmares quem, por brincadeira, ofereceu a bandeira a Jararaca. O traficante gostou tanto dela que mandou fazer várias e espalhou-as por toda a favela. Pedro Bueno aprova o cenário. Arranjam-se três cadeiras, os técnicos instalam as luzes e as máquinas; vinte minutos depois tudo está pronto. O jornalista, sentado entre Jacaré e Bárbara Velho, experimenta o seu microfone, confirma com o estúdio que está tudo em ordem e pode entrar em direto. Abre um sorriso para o músico:

— Será que você podia tirar os óculos? Na televisão, sabe? Os olhos também falam.

Jacaré tem um gesto de enfado.

— Pois não, — diz, e tira os óculos. Os olhos brilham, raiados de sangue, vermelhos como brasas. Um escândalo. Pedro Bueno hesita.

— Bem, não sei não, se as luzes o estiverem incomodando, se quiser, se por acaso não se sentir bem assim, pode colocar os óculos.

Jacaré sacode a cabeleira.

— Tranquilo, maluco. Tou ótimo.

Bueno conforma-se. Confirma de novo que está tudo bem – que lhe podem passar a emissão. Assume um ar sério. Fala para a câmara. A dição perfeita. A voz quente e suave como óleo de palma:

— Estamos esta noite com o cantor Jacaré, a mais nova revelação da música brasileira. O seu primeiro disco, *Preto de Nascença*, vendeu em dois meses mais de cem mil exemplares. O programa *O Brasil é Aqui* veio ao Morro da Barriga tentar compreender este fenômeno. Temos conosco uma convidada muito especial, a socióloga Bárbara Velho, do Movimento Negro, autora de um estudo de referência sobre os morros cariocas."

Volta-se para Jacaré:

— Queria começar por lhe perguntar o que pensa da entrada dos brancos da classe média no movimento *hip-hop*.

Jacaré olha-o com desprezo. Fala baixo:

— Os brancos entraram no samba e tomaram conta. Entraram no carnaval e tomaram conta. Entraram no candomblé e tomaram conta.

Bárbara Velho concorda:

— Veja o caso da umbanda. Os negros, desapossados de tudo, criaram a umbanda como forma de adquirirem prestígio e dessa forma recuperarem um pouco da sua dignidade, num universo altamente hierarquizado. Já as pessoas brancas da classe média procuram nos terreiros não um estatuto simbólico de prestígio, de que não precisam, mas soluções para problemas pessoais. Pouco a pouco os brancos tomaram o controle dos terreiros de umbanda. E o que fizeram? Branquearam os terreiros também do ponto de vista cultural, aproximando-se do espiritismo kardecista. Quanto ao carnaval, festa negra, em larga medida de protesto, de crítica social, tornou-se nas mãos dos brancos uma exaltação do capitalismo selvagem e do mais vil hedonismo.

Pedro Bueno pergunta a Jacaré se ele se considera um arauto da revolução.

— Arauto? — Rosna o cantor, desconfiado, enfiando ambas as mãos no sarilho dos cabelos. — O que é isso?

— Ele quer saber —, explica Bárbara, — se você se considera um mensageiro da sua comunidade. Um pregoeiro.

Jacaré aborrece-se:

— Pregoeiro? Pregoeiro o caralho, negrinha, eu sou é um profeta! Sou um guerreiro de Zumbi. Eu durmo e sonho com sangue. Acordo e continuo sonhando com sangue. Vejo sangue rolando no asfalto.

Pedro Bueno ergue a mão direita, assustado, como para se proteger dos respingos desse sangue futuro. Está lívido. Titubeia. Procura uma pergunta capaz de dar à conversa um rumo menos perigoso.

— Certo, certo, entendi. Mas, me diga uma coisa, Jacaré, afinal o que vocês, os negros brasileiros, estão querendo?

O cantor pula da cadeira num arrebatamento. Grita:
— O que estamos querendo?! Tu sabe o que nós estamos querendo, maluco? Nós estamos querendo tudo! Queremos enfiar o cano na boca dos brancos e apertar o gatilho. Este país foi-nos roubado e nós queremos é tomá-lo de volta...

Bárbara levanta a mão. Pigarreia. Pede a palavra.
— Veja bem, Pedro, tente compreender. Os negros brasileiros estão submetidos à violência racial faz quinhentos anos. Se a sociedade fosse pagar a dívida que tem para conosco, para com os descendentes dos quase dez milhões de negros que vieram para cá, nos porões dos navios, e que trabalharam debaixo do chicote, sem receber nada em troca, a não ser desprezo, e assim construíram os alicerces deste país; se a sociedade fosse pagar tal dívida, e acho que você concorda comigo, quinhentos anos nos devolvendo o que nos foi tirado não pagariam tal crime. Jacaré, como outros jovens ligados ao movimento do *hip-hop*, representa uma nova consciência negra, um estágio avançado da revolta. O aumento da tensão racial, inclusive a violência, parece-me inevitável à medida que a grande massa negra se for apercebendo da sua situação. Eu acho que os negros devem tentar organizar-se politicamente para reagir contra a opressão. Acho que devemos procurar vias pacíficas, institucionais, respeitando a lei. O problema é que a juventude não quer perder mais tempo. Você pode ver. Eles estão ansiosos.

Jacaré, de fato, mostra-se impaciente. Levanta-se. Volta a sentar-se. Murmura algo. Espreita Bárbara, debruçado sobre Pedro Bueno, quase ao colo deste. Abana a cabeça. Gesticula. Finalmente explode:

— Me diz uma coisa, negrinha, quem é a estrela aqui, você ou eu? Tu está falando muito, sabia? Um lero-lero danado. Nós, o povo, estamos cansados desse papo inteligente.

Bárbara perde a compostura.

— Olha como fala, marginal! Gente como você, aventureiros sem escrúpulos, está ameaçando todas as conquistas que o movimento negro conseguiu até agora. O problema é que vocês não sabem esperar...

Jacaré berra em direção à câmara. Os olhos em chamas. As grossas tranças agitando-se no ar, nervosas e silvando. O dedo em riste:

— Esperar?! Eu já não espero, quer saber? Sou aquele por quem se espera! Vim aqui para armar o barraco. Vim aqui para semear o caos. Eu quero espalhar o terror!

Volta-se para Pedro Bueno. Abraça-o. Solta uma gargalhada terrível.

— Está com medo, branquelo? Está com muito medo?!

O jornalista nega com a cabeça, balbucia alguma coisa, limpa com a mão o suor do rosto. Euclides assiste a tudo, em pé, num canto da sala, torcendo nervosamente o espesso bigode. Aproxima-se de Luís Mansidão e ordena-lhe, num murmúrio, que corra a chamar Jararaca. O menino sai. Jacaré, entretanto, levanta-se, arranca da parede a bandeira do Clube Militar de Luanda e dança pela sala enrolado nela. Pedro Bueno decide encerrar a emissão.

— É a irreverência de Jacaré, a voz revoltada das favelas, a nova revelação do *rap* brasileiro. Estamos no Morro da Barriga. Vamos agora regressar ao estúdio. O Brasil é aqui.

Faz sinal ao operador de câmara para desligar o aparelho. Jacaré canta e dança rodeado por três dos seus soldados. Pede a AK de um deles e ergue-a no ar.

— Olha eu. — Grita para o jornalista. — Olha eu aqui. Tá filmando?

Canta:

"*Agora sou Zumbi, sou Xangô, sou Lampião
agora sei qual é o meu lugar
sim, doutor, é no meio dessa briga
meu lugar é no Morro da Barriga.*

Os garotos fazem coro com ele:

"*Meu lugar é no Morro da Barriga.*"

Jararaca surge nesse instante. Avança num passo firme em direção a Jacaré, acerta-lhe um violento soco no nariz, tira-lhe a arma e entrega-a a Luís Mansidão. O cantor olha-o surpreso. Não reage. Toda a sua energia desapareceu. Está murcho. Apagado. Jararaca fala baixo, a voz turva de cólera:

— Não disse que não queria ninguém fumado? Não queria ninguém cheirando? Quem você pensa que é? Fui eu que te tirei do barro, esqueceu? Fui eu quem inventou você.

Jacaré ergue ambas as mãos, num lamento.

— Fica tranquilo, chefe, fica manso. Você sabe que eu sou sangue bom.

— Some daqui, babaca. Logo a gente fala.

O cantor sai, cabisbaixo, sem se despedir. Pedro Bueno levanta-se para cumprimentar Jararaca. Bárbara Velho, essa, deixa-se ficar sentada. Sorri, trocista.

Rio de Janeiro, Morro da Barriga, madrugada de segunda-feira

(a lei do morro)

Uma lua imensa flutua sobre a cidade. A pequena igreja esplende, alvíssima, pousada junto ao abismo. Jacaré está de joelhos, na poeira, com a cabeça entalada entre as mãos. Luís Mansidão atira-lhe um pontapé. Vai dar-lhe outro, mas Jararaca impede-o.
— Já chega! — Diz. — Levantem-no.
Um sujeito gigantesco, muito escuro, cabelos quase lisos, segura Jacaré pelo pescoço, com uma única mão, e ergue-o. O cantor fica de pé, olhos baixos, tremendo intensamente. Está descalço, tronco nu, de bermudas. Nas costas, cobertas de suor, luz o rosto negro de Nossa Senhora Aparecida. Jararaca ordena:
— Estende a mão.
Jacaré ergue os olhos. Suplica.
— Não, chefe. Por favor, isso não. Faço qualquer coisa mas isso não.
— Você conhece a lei. Pajeú, agarra esse negro.
O gigante segura o pulso direito do infeliz e torce-o violentamente atrás das costas, imobilizando-o. Jararaca tira a pistola do cinto.
— Estende a mão!

Jacaré chora como uma criança. Abana a cabeça. Finalmente estende a mão esquerda com a palma para cima, percebe o frio do aço e ouve o estampido, mas não sente nada. A dor chega mais tarde.

Os matadores

(uma estória tradicional africana)

Era uma vez um escorpião que queria atravessar um rio. A corrente, porém, parecia-lhe muito forte, as águas demasiado profundas e ele, desgraçadamente, não sabia nadar. Então, quando já desesperava, viu uma rã a tomar sol e perguntou-lhe se não podia colocá-lo a salvo na outra margem. A rã olhou-o desconfiada:

— Achas-me assim tão estúpida, senhor escorpião? Uma vez nas minhas costas, estou certa, espetas-me o ferrão e matas-me.

O escorpião negou com veemência:

— Pensa melhor, amiga rã, eu, sim, seria muito estúpido se te matasse. Morreria contigo.

A rã, embora reticente, deixou que o escorpião subisse para as suas costas e começou a nadar. Ia a meio do rio quando sentiu a picada.

— Por que fizeste isso? — perguntou. — Morreremos os dois.

O escorpião nem sequer procurou desculpar-se:

— Assim será —, disse. — Foi mais forte do que eu. É a minha natureza.

Corumbá, Café Destino, sábado.
Uma escura tarde de chuva

(o regresso do Capitão Virgulino)

O forasteiro aproxima-se, hesitante, da mesa.
— Capitão Virgulino?
O gordo confirma. Coloca os óculos — redondos e finos, antigos, com aro de prata — e estuda atentamente o recém-chegado. Percebe que o calor o aflige. A gravata escura sufoca-o. Tem o rosto vermelho e sua muito. A camisa está escura sob os sovacos. Traz na mão esquerda uma pasta diplomática. Trinta e três, trinta e cinco anos no máximo, apesar da calvície. Advogado, de certeza. Capitão Virgulino faz-lhe com a mão sinal para que se sente. Fala devagar, com um luminoso sotaque pernambucano, quase cantando, ao mesmo tempo que acaricia o focinho de uma cadela parda, muito magra, deitada aos seus pés. O recém-chegado repara que o animal não tem as patas traseiras. O corpo mutilado apoia-se numa espécie de cadeirinha com rodas. Isso impressiona-o mas não diz nada.

— Você é paulistano?
— Carioca.
— Quem lhe deu o meu nome?
— Amigos comuns. Gente que conheceu você no tempo dos Cavalos Corredores...
— Tou sabendo. E por que se lembraram de mim?

— Todo o mundo acha que você é o melhor.
— Também lhe devem ter dito que abandonei o ofício faz muito tempo. Estou aqui, no cu do mundo, vai para uns dez anos.
— Oito.
— Oito, então. Oito anos. Esmoreci. Passo o meu dia assim, nesta leseira, vendo correr o rio. Correr é modo de falar. Aqui, em Corumbá, ninguém corre. Toda essa água se deixa ir, deitada e dormindo, até ao mar. Em contrapartida tem muito cão chupando manga, lá no Rio. Não precisava fazer todo esse caminho.
— Como?
— Estou dizendo que tem outros melhores do que eu.
— Queríamos alguém como você. Bom na pontaria, de confiança e que estivesse há algum tempo fora de cartaz.
— Entendo, trabalho difícil. E quem você está querendo que eu ponha a comer capim pela raiz, moço, pode-se saber?
— Pagamos bem. Dez vezes mais do que aquilo que você recebia antes. Cem mil. É quanto estou autorizado a oferecer. Cem mil dólares.

O gordo deixa cair o copo.

— Oxente! Os senhores estão querendo matar o José Inácio?!

O outro ri. A piada agrada-lhe. Desenha com a mão um gesto vago, como se dissesse que sim, que a morte do presidente brasileiro está também nos seus planos. Baixa a voz.

— Você ouviu falar num bandido chamado Jararaca? Um traficante lá do Morro da Barriga, no Rio, que está querendo fazer política?

— E quem não ouviu?
— É esse.

O gordo limpa com o guardanapo a cerveja que caiu na mesa. Abana a cabeça impressionado.

— Cem mil dólares?! Cem mil dólares é muita grana, meu freguês. Posso saber quem está pagando?
— Isso não é da sua conta.
— Tem razão. Não é mesmo.

Estão sozinhos no bar. Dali vê-se o rio, uma massa cinzenta, pesada, que se confunde com o céu. O gordo acaricia a cadela. Esta lambe-lhe a mão, olha-o com ternura. O advogado pede mais duas cervejas. Vai para dizer qualquer coisa mas cala-se. Por fim, vence o silêncio.

— Você prefere o quê? Quero dizer, usa armas de grosso calibre?
— No trabalho?! Está brincando? De jeito e maneira. Eu vou no silêncio e volto como fui...
— Usa faca?
— O que é isso, moço?! Você me acha com cara de cangaceiro?! Eu levo um trinta e oito, enfrento o homem, faço o serviço e trato de sair de perto o mais rápido possível.
— Nós queremos que esse escroto saiba que vai morrer. Queremos que ele veja você.
— Vai ver, fique tranquilo. Não mato ninguém pelas costas. Matar pelas costas é covardia.
— E se Jararaca estiver armado? Você espera que o cara saque a arma?
— Moço, o senhor está pensando que isto é cinema? Filme de bangue-bangue? Eu não vou fazer duelo, não. Vou lá, apago o homem e desapareço. E quero metade do pagamento antes. Você me entrega a grana aqui. Só depois sigo para o Rio.

Acertam pormenores. O forasteiro termina a sua cerveja, despede-se com um rápido aperto de mão e vai-se embora. O matador espreita o relógio. A noite cai sobre o Pantanal. Vê passar, recortado contra a última luz, o vulto longo e desajeitado de um tuiuiú. Acaricia o dorso da cadela.

— Está feliz, Maria Bonita? A gente faz esse trabalho e então, sim, se aposenta. Você vai comer filé *mignon* o resto da vida, eu lhe prometo. Faço uma plástica e mudamo-nos para Olinda. Cara nova, vida nova. Você vai gostar, morena.

Rio de Janeiro, Hotel Glória, madrugada de segunda-feira, uma lua imensa flutua sobre a cidade

(triste como um bolero)

Francisco Palmares inspira a leve fragrância, ainda dentro do elevador, e lembra-se de Florzinha, a genuína. Julga, contudo, que é a memória dela que lhe traz a lembrança do perfume – *Jaipur*, da Boucheron. Isso acontece-lhe com frequência. Repara pela primeira vez nas esplêndidas madeiras trabalhadas. Tudo o que um dia houve de grandioso no Hotel Glória, e entretanto envelheceu e envileceu, permanece ainda idêntico dentro do pequeno gabinete móvel. O elevador detém-se com um suspiro e Francisco sai. Atravessa os corredores desertos, dobra esquinas, continua por outros corredores, até alcançar o seu quarto. O perfume é agora mais intenso. Isso confunde-o. Abre a porta com cuidado e entra. Está escuro lá dentro. A luz não funciona. Em quatro passos alcança a janela e descerra as cortinas. Florzinha, a genuína, olha-o, estendida na cama, com a malícia dos primeiros dias.

– Assustei-te?

Francisco não sabe o que dizer.

– Como entraste?

Ela encolhe os ombros nus. O lençol descai nesse gesto, revelando o peito pequeno e perfeito, os duros mamilos negros.

— Aprendi contigo, cota, não te lembras? Ensinaste-me a abrir qualquer fechadura.

Francisco enlaça os dedos, nervoso, e estala-os. Sente que vai chorar. Florzinha está ali, igual à jovem mulher que ele guarda intacta na memória, e todavia é outra. A pele parece-lhe mais áspera, ou os olhos, ou ambas as coisas. Algo de irremediável sobra ou falta nela. O coronel volta-lhe as costas, abre a janela e debruça-se sob o luar. Um homem não chora. Florzinha sussurra:

— Não me queres abraçar?
— Por que vieste?
— Porque tu mereces. Escrevi-te. Leste a minha carta?

A voz dela tem o calor úmido de Luanda. Não, ele não quer abraçá-la. Seria abraçar o passado, a sua culpa, a angústia dos anos que não voltam mais.

— Vê, ela gosta de mim...

A mulher mostra-lhe a tarântula, poisada sobre a noite macia do seu peito. Um pequeno fogo, absorto, que se move cuidadosamente, primeiro uma pata, depois a outra, em direção ao brilho límpido do lençol.

— Cuidado! Os pelos dela causam irritação. E além disso pode morder. A *Theraphosa blondi* é um animal perigoso...

— Ora, coronel, somos da mesma espécie. Só mordemos os machos. Devoramos os machos depois da cópula. Tem o meu nome, suponho?

Sim. Florzinha não se chama Florzinha. Florzinha foi a alcunha que o Velho lhe deu, mal a viu, recém-nascida, soluçando, agitando os bracinhos perplexos, num hospital em Berlim. Florzinha chama-se Rosa — em homenagem a Rosa Luxemburgo. Francisco respira fundo. Calça um par de luvas, aproxima-se da cama, agarra a tarântula num

gesto rápido, e devolve-a à sua caixa de cristal. Florzinha sorri para ele:
— E o abraço?
Ele senta-se na cama e abraça-a. A pele dela é macia e quente. Francisco seria capaz de a reconhecer, de olhos fechados, como está agora, somente através do tato. Desce lentamente a mão pelas costas da mulher, guiando-se pelos mínimos sinais, reencontrando caminhos que julgara nunca mais poder trilhar. Vem-lhe aos lábios uma velha canção de Chavela Vargas:

"Uno vuelve siempre
a los viejos sitios
donde amó la vida
y entonces comprende
cómo están de ausentes
Las cosas queridas."

Regressamos sempre aos velhos lugares onde amamos a vida. E só então compreendemos que não voltarão jamais todas as coisas que nos foram queridas. O amor é simples e o tempo devora as coisas simples. Demora-te aqui, à luz solar deste meio-dia. Aqui encontrarás o pão ao sol e a mesa estendida.
— No fim de contas —, diz, — a tristeza é a morte lenta das coisas mais simples.
Ela ouve-o em silêncio. Crava-lhe as unhas na nuca, beija-o na boca. Os lábios têm um travo ácido, de tabaco e de solidão; a língua procura a sua. Francisco deixa-se conduzir. Mergulha naquele beijo como se fosse num abismo. Pensa nisto. Um abismo. Lembra-se de que Teixeira de Pascoaes

preferia grafar abismo com Y, como antigamente: Abysmo. O Y arrastando-nos para o fundo. Ela solta-o. Respira.

– Junto a ti a vida parece um bolero.

Com um gesto brusco afasta o lençol. Os olhos de Francisco Palmares descem pelo seu corpo – os pequenos seios empinados, o ventre liso, o umbigo doce e fundo, o sexo. As pernas foram amputadas logo abaixo dos joelhos.

Rio de Janeiro, Santa Teresa, Bar Sobrenatural, dez horas da noite

(sobre drogas)

Existe uma placa pedindo às pessoas para evitarem dançar sobre o soalho de madeira:

"Não sambe na madeira, famílias vivem em baixo."

Ninguém presta atenção. O Sobrenatural já teve problemas com a polícia inúmeras vezes. A vizinhança conseguiu proibir durante algum tempo as rodas de samba nas noites de sábado. Os próprios moradores, contudo, perceberam que sem animação o bairro morreria, e a música voltou. Euclides gosta do bar. Elogia os pastéis de siri. Anastácia explica-lhe como se fazem.

— Jararaca gosta muito de pastel de siri.

— Você costuma vir aqui com ele?!

— Não, claro que não. Imagina! Jararaca não pode dar-se a esse luxo. Quase não sai do morro. Está muito vigiado. Troca de celular todos os dias...

— Sei que isso não é um problema meu, e espero que não te zangues comigo, mas vou ser franco. Jararaca pode ter boas intenções, pode ser uma pessoa realmente preocupada com a situação dos pobres, suponhamos que sim. Não deixa por isso de ser um bandido.

— Por quê?

— Por quê?! Minha querida, abre os olhos, esse homem ganha dinheiro a vender drogas...

— E daí? O álcool também é uma droga. O tabaco é uma droga. O café é uma droga. O açúcar, você já pensou nisso? É uma droga. A maioria das pessoas são viciadas em açúcar, não conseguem passar três dias sem consumir açúcar, ficam nervosas, entram em depressão. Aqui mesmo, neste instante, tem gente fumando, tomando álcool, bebendo café com açúcar. Tomando *Prozac*. Está todo o mundo se drogando...

— Falo de drogas ilícitas. Não te faças de desentendida.

— Desentendida? Desentendido é você... Não, você não é desentendido, ao contrário, é um entendido...

Ri muito. Pede desculpa. Beija-o no pescoço.

— Falando sério, o que há de errado em comercializar maconha ou cocaína? A maconha foi das primeiras plantas, senão a primeira, a ser cultivada pelo homem, há muitos milhares de anos, devido às suas virtudes mágicas. Veja o caso dos pigmeus, na África central, aqueles pretinhos pequeninos, parecidos com você. Eles são quase exclusivamente coletores e caçadores, certo? E digo quase exclusivamente, porque, na verdade, cultivam uma planta, uma única planta: cânhamo. Acho que a maconha conduziu a humanidade à agricultura, ou seja, à civilização. E sabe de que eram feitas as velas, os cabos e cordames das caravelas portuguesas? Exato: de cânhamo. Estamos hoje os dois neste bar, vestidos, calçados, perfumados... você, então, meu lindo, muito bem vestido, calçado e perfumado... já lhe disse que gosto desse seu perfume?... E além do mais, falando português, tudo isto por causa da maconha.

Euclides olha-a com impaciência. Ela sorri.

— Os camponeses colombianos usam cocaína há séculos para combater o cansaço...

— Tem morrido muita gente por causa da cocaína...

— Também morre muita gente por causa do álcool. Mas morriam mais, nos Estados Unidos, quando o álcool era ilegal. Você sabe que na Holanda existem mil e quinhentos bares onde se pode comprar maconha e no entanto apenas cinco por cento da população é usuária?! Nos Estados Unidos, nove por cento das pessoas fumam maconha...

— Tu já experimentaste cocaína?

— Já e não gostei. Acho meio brega. Eu procuro outros veículos quando pretendo viajar.

— O que queres dizer?

A mulher encara-o com intensidade. Os olhos dela, largos e límpidos, emanam uma luz de mel. Sorri. Pousa a mão direita sobre a dele. Euclides sente que aquilo é um teste.

— *Amanita muscaria*.

— Como?

— O pão dos deuses. Um cogumelo. Os xamãs, em muitas tribos da Sibéria, usam-no frequentemente. Viajam para longe. Expandem a mente. Alcançam estados de consciência mais elevados.

Euclides abana a cabeça, incrédulo.

— Estás a brincar comigo! Tu drogas-te com cogumelos?

— Não só com cogumelos. Também, por exemplo, com *ayahuasca*. Mas você não tem de se preocupar. A *ayahuasca* é legal no Brasil.

— A mim o que me preocupa é a tua saúde...

Anastácia ri com gosto. Olha-o, trocista, carinhosamente, enquanto lhe segura a mão. Euclides sente-se incomodado. Não sabe o que dizer. Receia que alguém, nas mesas ao lado, escute a conversa.

— Vamos embora?
— Vamos. Para o meu apartamento ou para o seu?
— Não me tentes...
— Vamos para o meu apartamento. Estou falando sério. Ainda é cedo. Quero lhe mostrar uma coisa.

Euclides hesita. Ri.
— Se o Jararaca sabe disto, eu não duro muito.

Rio de Janeiro, Jardim Botânico, apartamento de Anastácia Hadock Lobo, duas horas da madrugada

(voando na noite)

Euclides está estendido num confortável almofadão indiano, no chão da sala, as mãos cruzadas sobre o peito. Anastácia senta-se junto dele. Oferece-lhe uma xícara com chá.
— Bebe mais um pouco. Este é de tília, aquieta a alma...
O jornalista endireita-se. Prova a bebida.
— O que me querias mostrar?
A mulher olha-o em silêncio. Três grossas velas negras ardem junto a uma velha imagem de Nossa Senhora Aparecida. Uma profunda calma ascende da floresta, sobe pelas janelas abertas, enrosca-se devagar nos objetos da sala. Anastácia estende a mão e acaricia-lhe o rosto.
— Isto, vês?...
Euclides sente uma ligeira tontura. Uma súbita náusea. O braço de Anastácia parece-lhe interminável. Cerra as pálpebras. Quando as descerra a sala é outra. Dilatou. Está mais escura. As velas, ao fundo, são imensas, altas como guindastes. A mesa ergue-se gigantesca à sua frente – uma catedral.
— O que foi que me deste?
— Agora chá de tília. Há pouco, o outro chá, o que você achou um pouco amargo, era *ayahuasca*. Juntei-lhe mais

uns mistérios para abrandar o amargor. Fica calmo, garoto, relaxa. Fizeram-se imensos estudos sobre a *ayahuasca* e até agora não se conseguiu provar que fosse de alguma forma prejudicial à saúde. Aqui, no Brasil, existe uma Igreja, o Santo Daime, a Doutrina da Floresta, um culto sincrético, que mistura rituais indígenas com espiritismo. Nas cerimônias do Santo Daime os devotos bebem *ayahuasca*. O pior que pode acontecer é não acontecer nada.

    Euclides gostaria de se mostrar aborrecido. Anastácia não podia ter-lhe feito aquilo. Não assim, sem o seu consentimento, não como se estivesse a roubar-lhe a alma. Quer dizer-lhe isto. Mas não se sente zangado, ao contrário, sente-se quase eufórico. Volta a fechar os olhos e ouve o surdo pulsar do seu próprio coração, o zumbido do sangue avançando alucinadamente através das veias, e é como se os seus olhos se tivessem voltado para dentro, pois o que agora vê é o sangue correndo e o coração pulsando, e tudo lhe surge tão nítido, tão vivo e concreto, que ele se assusta e de novo descerra as pálpebras. Uma coruja encara-o fixamente com grandes olhos amarelos. Sorri para ele. Fala. Tem a voz doce de Anastácia.

— Vamos!

A coruja sacode as asas e alcança a janela. Euclides não sabe o que fazer. Anastácia volta a chamá-lo. Não a escuta com os ouvidos, mas com o corpo todo, ou com algo, no corpo, cujo nome ignora.

— Vem, bobo. Vem comigo!

Ele vê a coruja pousada num ramo da árvore, junto à janela, os olhos brilhando na noite como um farol. Experimenta mover-se. Agita as asas e sobe no ar. Vê o chão da sala e estendido no largo almofadão indiano o seu próprio corpo. Anastácia, deitada junto dele, segura-lhe a mão. Não sente medo nem angústia. Todas as coisas ao redor o alcançam como se ele fizesse parte delas. Aspira o cheiro das velas a arder; o perfume doce das açucenas no vaso de cristal sobre a comprida mesa onde Anastácia costuma trabalhar, os múltiplos odores que sobem da floresta e das ruas, lá fora, de relva molhada, de pelo de cachorro, de gasolina, de fruta e folhas em decomposição. Uma alegria tumultuosa cresce dentro dele como uma torrente. Lança-se pela janela em direção a Anastácia. Voa, voam os dois, através da noite.

(Pedra da Gávea)

Tem enlaçada entre as suas as mãos de Anastácia. A mulher dorme, o rosto enterrado no almofadão, a deslumbrante cabeleira negra derramada sobre os ombros. Euclides desprende com cuidado a mão direita e ergue-a diante dos olhos. Sente uma vertigem. Uma dor súbita, violenta e luminosa como um raio, atravessa-lhe o crânio. Solta a outra mão e levanta-se devagar. Caminha vacilante até ao quarto de banho, encosta a porta, debruça-se sobre a privada e vomita. A seguir enche o bidê de água e mergulha o rosto na suave frescura líquida. Anastácia olha-o, de pé, junto à porta. Sorri docemente:
— Passou mal, meu bem?
— O que aconteceu?
— Viajamos, não foi? Você voou comigo...
A floresta deslizando num veloz alvoroço sob as suas asas, um caos soturno e todavia detalhado e transparente,

pois olhando-a assim, muito alto na noite, ele era capaz de distinguir cada pé de ipê ou de cambuí, os cedros, as densas flores brancas dos ingás, os bambus, as mangueiras, o brilho ondulado das folhas dos cafeeiros, os eucaliptos, os jacarandás, cada jaca, cada fruta-pão e o seu aroma. Lembra-se de sobrevoar uma floresta de espinhos. Lembra-se de flutuar sobre o espelho metálico da lagoa, passar rasando o Morro Dois Irmãos, avistar ao longe a silhueta inconfundível da Pedra da Gávea.

– A Pedra da Gávea, está lembrado?

Euclides mergulha de novo o rosto na água fria. Enxuga-se. Senta-se na borda da banheira.

– Como sabes o que eu vi? Falei enquanto estive... Enquanto estava... Aquilo é um alucinógeno poderoso... Não tinhas o direito de me ter dado a beber esse veneno sem o meu consentimento. Não tinhas o direito!

– A Pedra da Gávea, garoto, está lembrado?

Euclides não quer lembrar-se. Afasta a mulher e regressa à sala. Não sabe o que pensar. Zanga-se ou agradece-lhe? Ajeita o cabelo. Enrola o bigode. Tem a sensação de que se ficar ali mais quinze minutos, se permitir que Anastácia fale, poderá convencer-se de que tudo aquilo foi real. Pede-lhe que chame um táxi e sai sem se despedir. Anastácia não se ofende. Sabe que aquela não foi a última viagem de Euclides. Junto à imagem de Nossa Senhora Aparecida resiste ainda uma das três velas negras. As outras duas arderam inteiramente.

Rio de Janeiro, Hotel Glória, seis horas da tarde

(dois num armário)

Rosa, a tarântula, escuta-o paciente. Ou será talvez resignada. Resignação, definem os dicionários, é uma espécie de *submissão paciente aos sofrimentos da vida*. Ponhamos pois resignada. Seja como for, Francisco Palmares gosta de conversar com o animal, isso acalma-o. Em primeiro lugar a tarântula nunca o contesta, não grita, não barafusta. E se não tem maneira de gritar podia barafustar, sim senhor, podia espernear, estrebuchar, contorcer-se, xinguilar. Mas não. Quando muito, move uma pata delicadamente, depois outra, arrasta-se para um dos cantos da sua gaiola de cristal, esconde-se debaixo de um pouco de palha. As aranhas escutam com as patas. Comunicam-se com as patas. Aquela caminhada lenta pode ser uma resposta. Isso encoraja-o. Continua:

— Não conheço essa mulher. Acho que nunca a conheci. E é talvez por isso que a amo tanto. Amamos sobretudo aquilo que não conhecemos, não achas?

Diz isto e cala-se. A frase irrita-o. Detesta utilizar frases feitas, ideias prontas a usar, ainda que seja em conversa com uma aranha. Naquela tarde, porém, sente-se um pouco estúpido.

— O que me atrai numa mulher não são as suas virtudes visíveis, são os seus abismos...

Batem à porta do quarto. Francisco ergue-se num sobressalto. Estica a camisa. Espreita o rosto no espelho.
— Pode entrar...
Euclides avança afogueado. Veste um fato de treino, azul, um pouco gasto. Passeava de bicicleta, aproveitando o magnífico fim de tarde, quando, quase sem dar conta, se achou defronte ao hotel e decidiu entrar. Francisco oferece-lhe uma cadeira. Abre a geladeira e tira dois copos. Serve-lhe uma Coca-Cola gelada. Parece nervoso.
— Esperavas outra pessoa?
— Esperava. Ou melhor, espero. Tu sabes quem está aqui, no Rio de Janeiro?
— Quem?
— A Primeira Filha!
— A filha do Velho?! Falaste com ela?
— Ela veio atrás de mim.
— O que queria?
— A minha alma.
Euclides ri. Francisco Palmares olha-o gravemente, sombriamente, e ele cala-se. Um curto silêncio separa os dois. O coronel baixa os olhos. Estala os dedos.
— A Rosa perdeu as duas pernas. Sabias?
— Não sabia. Não se nota, nem sequer usa muletas.
— Usa próteses.
— E como aconteceu isso?
— Fui eu.
Euclides pousa o copo no chão. Não sabe o que dizer. Levanta-se. Espreita a tarântula, que devora um gafanhoto, e logo se afasta enojado. Volta a sentar-se. Francisco nunca comentou com ele o desastre, na Ilha, em que quase perdeu a vida. Em Luanda, porém, o es-

tranho episódio deu muito que falar. Rosa desapareceu durante algum tempo, alimentando os boatos de que teria falecido; quando reapareceu, meses depois, estava mais bela do que nunca. Francisco, nessa altura, já se tinha mudado para o Brasil.

— Não tiveste culpa, Francisco. Foi um acidente.

— Estás enganado, muadié, tu e toda a gente. Eu atirei o carro contra o poste. Queria matar-me, queria matá-la. Não podia mais.

A campainha toca.

— É ela! Não quero que te veja aqui.

Francisco fala baixo, numa ansiedade pouco habitual nele. Abre o armário e empurra o amigo lá para dentro. Euclides, surpreso, indignado, não reage. Logo a seguir conforma-se. Também ele prefere não ver Rosa. Em Angola todos julgam que morreu e é melhor assim. O coronel grita:

— Entre...

Entra Florzinha, a falsa, num curto vestido com magnólias estampadas. Repara nos dois copos de Coca-Cola, no nervosismo de Francisco, e detém-se:

— Tem alguém contigo? Cheguei em má hora?

— Chegaste, sim, lamento muito. Estou à espera de uma pessoa... Tenho de fechar um negócio importante... Ligo para ti quando terminar.

Batem de novo à porta. Francisco hesita um breve instante. Depois aponta para o armário.

— Entra para ali.

Florzinha nega com a cabeça.

— Isso é ridículo...

— Por favor, minha negra, depois explico.

Há uma tal aflição nos olhos do homem que ela obedece. Só quando já está lá dentro é que repara em Euclides, sentado, muito direito, sobre uma caixa metálica. Assusta-se.

— Quem é você!? O que faz aqui?...

— Talvez seja melhor deixar as apresentações para outra ocasião. Acomode-se desse lado. Isto está lotado. Parece o metrô de Tóquio. Espero que não entre mais ninguém.

Francisco abre a porta do quarto. Florzinha, a genuína, beija-o nos lábios. Entra desconfiada.

— Ouvi vozes. Está alguém contigo?

— Não. Tinha a televisão ligada. Vamos? Conheço um restaurante com uma vista lindíssima em Santa Teresa. Mandei reservar uma mesa e Ernesto, o meu motorista, está à espera.

— E eu disse que queria jantar contigo? Eu quero é ser jantada.

Senta-se na cama. Traz o cabelo preso no alto da cabeça, o que a faz parecer mais alta; veste uma camisa de linho, branca, com bordados azuis, saia comprida na mesma cor, altas botas de couro. Abre a carteira, tira um maço de cigarros, escolhe um e coloca-o nos lábios. Procura o isqueiro.

— Não fazes ideia da quantidade de coisas que eu carrego dentro desta bolsa, coronel. As bolsas das senhoras guardam mais surpresas do que as cartolas de um mágico. Não tens um isqueiro?

Francisco Palmares continua de pé, junto à porta aberta, segurando a maçaneta.

— Vamos!

— Não vamos, não. Fecha a porta.

Florzinha, a falsa, agita-se dentro do armário.

— Francisco não estava esperando um homem de negócios? — Sussurra, entre dentes. — Quem é essa piranha?...
Euclides procura acalmá-la:
— Presumo que seja o homem de negócios de quem ele estava à espera. É Rosa, a filha do Presidente de Angola.
Florzinha, a genuína, volta a guardar o cigarro. Leva as mãos ao cabelo e solta-o sobre os ombros, sobre as costas, revolto como um mar de temporal. Desabotoa a blusa e estende-se na cama.
— Continuo a ouvir vozes...
— São os hóspedes no quarto ao lado. Ouve-se tudo.
A mulher tira a camisa.
— Está calor aqui. Fecha essa porta, coronel, e abre a janela. Deixa entrar um pouco de ar fresco.
Francisco impacienta-se.
— Não te disse que o motorista está à espera?...
— Pois que espere. Eu é que não posso esperar.
— Por amor de Deus, Florzinha, sai daí. Vamos embora!
Florzinha, a falsa, crava as unhas no joelho de Euclides:
— Ele quer que eu saia?
— Você? Não, não é com a senhora. É com a outra.
Florzinha, a genuína, espreguiça-se.
— Ia jurar que está alguém naquele armário.
Francisco não consegue soltar os olhos dos seios dela. Fecha a porta e aproxima-se. Senta-se do outro lado da cama, aflito, com a cabeça entre as mãos.
— O que é que tu queres?
— Quero-te a ti. Quero aquilo a que tenho direito.
— Diz-me o que é que tu queres...
Florzinha fica um momento calada. Debruça-se sobre si própria. Bate nas próteses com os nós dos dedos.

— Compreendo que isto te afete. Sabia que te iria perturbar. – Endireita-se e agarra-lhe o ombro. – Olha para mim, Francisco. Olha para mim! Perdi as duas pernas, talvez seja um pouco menos eu, concordo, sou eu sem pernas, mas no fundo continuo a mesma.
— Já me disseste isso antes e a questão não é essa...
— A questão é essa, sim. Não podes continuar a tratar-me como se não me conhecesses.
— Não te conheço. Desapareceste durante todos estes anos. Nunca me disseste nada. E agora reapareces como por milagre e não queres que ache isso estranho? Já te pedi perdão. Lamento muito. O teu pai devia ter mandado matar-me.
— Ele tentou, lembras-te? Tu previste tudo. Foste mais esperto. Soubeste proteger-te. Os teus negócios, a propósito, incomodam muita gente. O Velho anda uma fúria mas não se atreve a tocar-te. Dizem que esconderste em Portugal documentos comprometedores e que se alguma coisa te acontecer eles aparecem. É verdade?
— Foi por isso que vieste?
— Não. Mas estou curiosa. Qual é o grande segredo que o meu pai esconde?
— Veste-te. Se é isso que queres saber eu digo-te. Não tenho mais nada a perder. Explico-te tudo durante o jantar.
— Quando conseguirás fazer amor comigo?
— Quando voltar a ter confiança em ti. Vamos?
Florzinha, a genuína, veste a camisa. Francisco Palmares respira fundo. Ajuda-a a levantar-se. Abraça-a. Saem abraçados.

(saindo do armário)

A porta bate. Passam-se alguns segundos. Florzinha, a falsa, suspira fundo:
— Podemos sair?
Euclides abre a porta. Salta para fora. A moça faz o mesmo. Espreguiça-se. Acende a luz do quarto e senta-se na cadeira.
— Não entendi porra nenhuma. Você entendeu?
Euclides abre os braços num gesto vago, que tanto pode significar perplexidade, como, ao contrário, que compreendeu mais do que gostaria. Abre o frigobar e escolhe dois copos. Estende um à mulher.
— Quer um uísque? Eu tenho de tomar alguma coisa.
— Desculpe, não me apresentei. Meu nome é Florzinha...
— Sim, já percebi. O Francisco tem um fraco por flores. Chamo-me Euclides. Euclides Matoso da Câmara. Sou jornalista.
Bebem em silêncio. Florzinha examina-o curiosa.
— Você também veio lá da Angola?
— Desgraçadamente...
— E aquela piranha, a aleijada, é filha do Presidente?
— A filha mais velha. A herdeira política dele. Uma mulher perigosa.
— Cara, que coisa.
— Ainda que mal pergunte, o que é que a moça faz?
— Eu? Faço boquete, beijo negro, botão de rosa, chuva dourada. Também faço com mulheres e com casais. Só não faço anal.
— ...
— É isso mesmo, coroa, sou puta.

Rio de Janeiro, Leblon, Galeria Aradia, dezoito horas

(Exu mulher)

Euclides, como sempre, chega demasiado cedo. Anastácia, a um canto, resplandece, toda de branco, sob a luz intensa de um projetor. Ao vê-lo, acena-lhe discretamente com a mão direita, sorri, sem contudo interromper o discurso. Diante dela está uma moça baixinha, muito atenta, segurando um comprido microfone. O operador de câmara, um mulato enorme, grossos braços de marombeiro, atira-lhe um olhar de censura, e Euclides afasta-se. Nesse momento vê avançar na sua direção, movendo-se como um cataclismo, uma mulher muito ruiva e muito grande.

– Deseja alguma coisa?

O jornalista mostra-lhe o convite. Ela não olha o papel, olha-o a ele, profundamente, e depois estende-lhe a mão. Traz um pentagrama em prata pendurado ao pescoço. A mão é pálida e roliça, mas firme.

– Esteja à vontade, senhor. Aceita um cafezinho?

Euclides aceita o cafezinho. A galeria parece um santuário: não um moderno templo cristão; lembra antes um terreiro de candomblé que tivesse sido ornamentado por alguém dotado do gênio barroco de um Antônio Francisco Lisboa, o Aleijadinho. Nas paredes, pintadas de negro e vermelho, estão presas as caixas de Anastácia com as vaginas dentadas. Em pequenos nichos há velhas imagens da Virgem Maria, nas quais a artista espetou dezenas de pregos ferrugentos, alfinetes, espinhos de ferro, à maneira de fetiches africanos. Noutros altares refulgem, emergindo das ondas, estatuetas de Iemanjá. Um relicário, no centro do salão, guarda a imagem de uma magnífica mulher de pele escura ajoelhada sobre um caixão. Há também velas, muitas velas, brancas, vermelhas, pretas, nos nichos, nos altares, ou consumindo-se lentamente sobre as caixas. Quatro versos destacam-se, em branco, sobre o fundo negro de uma das paredes.

"A Pombagira da Quimbanda é bamba
quando ela vem com a sua pemba na mão
ela é a rainha do candomblé
Saravá! Exu mulher."

Euclides sente-se um estranho ali. Não compreende inteiramente aquilo que vê. Exu, isso ele sabe, é uma entidade controversa. Mensageiro dos orixás, intermediário entre estes e os homens, foi por demasiado tempo confundido com o diabo cristão. De nada serve, hoje em dia, a justa indignação das mães de santo e dos babalorixás, ou as explicações detalhadas dos estudiosos da cultura africana do Brasil – para a generalidade da população brasileira, Exu é o Chifrudo, o Cão, o Tranca-Ruas. Ponto final.

Chegam algumas pessoas. Mulheres. Conhecem-se todas umas às outras e cumprimentam-se com alvoroço. Anastácia conclui a entrevista e vem ter com ele.

– Chegou cedo, garoto. Gostou?

Euclides acena com a cabeça, afirmativo. Depois decide ser franco. Não podemos mentir aos amigos. Entre amigos não deve haver lugar nem sequer para mentiras piedosas.
— Há coisas que não compreendo.
— O que você não compreende?
— Queres fazer uma exaltação da feminilidade, certo? O útero, a fecundidade, a grande mãe. Agradou-me a ideia de transformar as imagens da Virgem Maria em manipansos. É como se elas recuperassem o seu poder mágico. Por outro lado, pelo menos para um homem, tudo isto parece vagamente ameaçador.
— Você está assustado?
— Fico um pouco inquieto...
— Que bom. O meu objetivo é inquietar os homens.
— Não sei. Suspeito que possa haver mais do que isso. Há uma linguagem aqui, no conjunto desta instalação, que eu não domino. Sinto-me como um analfabeto com um livro entre as mãos.
— Só se alcança a sabedoria reconhecendo a ignorância.
— Quem és tu?
Francisco Palmares aparece nesse momento. Caminha apressado na direção dos dois. Euclides, que não o vê desde o dia em que ficou preso no armário, olha-o aborrecido. O outro, porém, nem repara nisso.
— Alguém sabe onde está o Jararaca?
Anastácia assusta-se.
— Faz quatro dias que não consigo falar com ele. Não está no morro...
— O Comando Negro tomou a Rocinha. Houve tiroteio a noite inteira. Vocês não veem televisão?

Rio de Janeiro, Ginásio da Lagoa, dez horas/ Cinelândia, doze horas e trinta minutos

(na pele da presa)

Não parece ter mais de vinte anos. Traz o cabelo muito curto, pintado de azul, no mesmo tom dos lábios. Ainda assim poderia passar despercebida, desde que usasse óculos escuros — ou se andasse pelas ruas de olhos fechados. Tal como está agora, neste instante, sentada na máquina a que chamam Borboleta, os braços abertos, o corpo tenso e suado, olhando-o de frente, é impossível não a fixar sem sobressalto. Francisco deu-lhe um nome — o Anjo Azul. Há vários dias que o coronel vive subjugado pelo intenso brilho anil daqueles olhos. Esta manhã, finalmente, o Anjo Azul repara nele:

— Esta máquina me mata. Você vem sempre aqui?

Francisco diz-lhe a verdade. Há dois anos que frequenta aquele ginásio, sempre à tarde, cinco vezes por semana; faz uns quinze dias, contudo, veio de manhã, por um feliz acaso, e viu-a. Então decidiu alterar por completo os seus horários. Sorri. Mente com alegria:

— Você mudou toda a minha vida.

Ela solta uma gargalhada azul. Quando uma mulher ri, um homem pode esperar dela alguma misericórdia. Francisco não ignora isso. Também não ignora que a curiosidade faz parte da natureza feminina. Ela quer saber de onde ele é. O coronel responde com um enigma:

— Sou de um país remoto.

Diz isto num tom ao mesmo tempo vago e definitivo. O Anjo Azul compreende que não pode insistir mas quer saber mais. Já não consegue parar.

— Você é muito misterioso. Posso tentar adivinhar qual a sua ocupação?

— Poder, pode. Mas não vai acertar...

— Deixe ver —, diz, e fecha os olhos; de olhos fechados é muito menos azul. — Você deve ser um artista. Ator. Bailarino...

Saem juntos do ginásio. O Anjo Azul é modelo. Quer ser atriz. Mora ali perto, num apartamento com vista para a lagoa. Convida-o a subir para ver a paisagem. Oferece-lhe um copo de uísque e depois pede licença para tomar uma ducha e mudar de roupa. Francisco, sentado na varanda, com a lagoa aos seus pés, tira o telemóvel do bolso na intenção de o desligar — e então o aparelho toca. A mãe, a muitos quilômetros dali, no Bairro do Restelo, em Lisboa, procura controlar a voz:

— Tenho más notícias, meu filho, muito más. O paizinho está no hospital. Esta manhã entraram dois homens aqui em casa. Vinham à procura dos papéis que me confiaste. Bateram no velho. Bateram-lhe até que eu dissesse onde estavam os papéis. Depois pegaram neles e foram-se embora.

O Anjo Azul chama-o. Exibe um largo sol tatuado ao redor do umbigo. A cintura é estreita, os seios fartos, com largos mamilos cor-de-rosa; das ancas amplas, úmidas, muito brancas, solta-se um leve vapor. Francisco olha-a aterrorizado.

— Aconteceu uma tragédia —, diz. — Não posso ficar.

Florzinha! Florzinha traiu-o. Leva as mãos ao rosto. Tem dificuldade em conter as lágrimas. O Anjo Azul enrola o corpo numa toalha. Está pálida. Azul clara.

– Posso ajudar em alguma coisa?

Francisco nega com a cabeça. Sai para a rua atordoado. E agora, Francisco? Agora ele é a presa. Começou a caçada e ele é a presa. Ernesto espera-o:

– Estava aqui recordando as negras prostitutas da Massangarala. Lembro-me sobretudo de uma, a Esperança. Oh, como era bonita aquela mulata!

Francisco pede que o leve ao Hotel Glória. Estão muito perto do destino quando o telemóvel volta a tocar. Branca de Neve sopra-lhe ao ouvido:

– Francisco?! Tem um homem aqui, no hotel, à sua procura. Um coroa estranho. Encontrei-o faz pouco tentando forçar a porta do seu quarto...

– Como é ele?

– O tal coroa? Deve ter uns sessenta anos, sessenta e cinco no máximo, cabelo grisalho, uma barba de três dias, sotaque português. Sabe, a mim me pareceu uma cobra com forma de gente.

Francisco diz a Ernesto que mudou de ideias. Quer ficar ali mesmo, na Cinelândia; desce do carro, caminha uns minutos, às voltas, sem rumo, e depois senta-se numa esplanada. São doze horas e trinta minutos. Pede um filé com batatas fritas, uma cerveja bem gelada, e vai comendo, devagar, distraído, enquanto vê o Brasil a desfilar à sua frente. Um velho decrépito, pálido como um espectro, todo vestido de branco, exceto a gravata de um vermelho elétrico. Um índio, certamente de sangue latino, como canta Maria Bethânia, tronco nu, bermudas e chinelos. Uma loura bonita, de longas pernas, alta e firme bunda africana. Uma mulata de comprida cabeleira lisa. Um homem sombrio, pequeno e magro, de cabeça chata e cabelo agastado. Dois

japoneses, talvez paulistanos, de mala diplomática, riso fácil. Um moleque com uma caixa de graxa a tiracolo, rosto vermelho, coberto de borbulhas, que passa por ele a cantar o hino brasileiro. Um libanês de olhar desconfiado. Caboclos. Mamelucos. Cafuzos. Sararás. Repara numa placa:
"Festival de *pizzas*. Todos os sabores em promoção."
Parece-lhe, a rua, um festival de raças. Todas as cores em promoção. O fragor metálico do trânsito impede-o de pensar. Vê, ou julga ver, o preto velho que numa madrugada triste encontrou na Praia de Botafogo. O homem pisca-lhe o olho e desaparece entre a multidão. Talvez ele o pudesse aconselhar. Tenta distinguir em meio aos muitos rostos, a tantos olhos, os olhos amargos de Monte. O tipo não o vai matar ali. Não é suficientemente louco. Não? Hesita. Talvez seja. Pode ser. Não, não o fará, o Grande Inquisidor nunca se exalta, não comete erros, sabe esperar o momento certo. Louco, isso com certeza, mas acima de tudo um profissional. Pensa no velho Feliciano Palmares, estendido numa cama de hospital, pensa na mãe, humilhada na sua própria casa, e o medo transforma-se rapidamente num rancor sólido. Agarra os talheres com fúria até lhe doerem os nós dos dedos. Tem o coração aos saltos. O sangue a ferver nas veias. Sufoca. Se Monte aparecer, tem a certeza,
Matá-lo-á.

Ilha Grande, Saco do Céu, dezesseis horas

(agonia no paraíso)

Uma forte rede de náilon liga à proa os dois flutuadores do catamarã. Francisco Palmares, estendido de costas na rede, vestido apenas com uma bermuda preta, óculos es-curos, fuma um charuto. Uma toalha enrolada serve-lhe de cabeceira. O fumo envolve-o, úmido e melancólico, como a própria bruma. A ilha parece flutuar, vaga, verde, sobre o pesado chumbo das águas. Os coqueiros curvos, prostrados, de fartas cabeleiras desgrenhadas, os profundos morros ensopados, o céu turvo, tudo em redor o assombra e deprime. Pensa em Florzinha. Esforça-se por pensar nela com rancor. Ainda se sobressalta ao recordar a cólera de Euclides, dias antes, quando lhe explicou o motivo por que não podia regressar ao Hotel Glória. Ingênuo! Matumbo! O homenzinho quase lhe batera. E ele, encolhido, como um garoto assustado, concordara logo. Fora estúpido, sim, mas que podia fazer?

— Eu queria confiar nela...

— Confiar?! Confiar naquela mulher? Seria mais sensato teres entregue o teu coração a uma víbora.

Anastácia, posta ao corrente do caso, emprestou-lhe o barco. Achava que ele devia desaparecer durante algum tempo, duas semanas, um mês, e entretanto pensariam no que fazer. Euclides acompanhou-o. Também não se sentia seguro, e, por outro lado, precisava descansar. Ali estão portanto os dois, na companhia de um marinheiro já velho, um mulato calado, que durante mais de trinta anos trabalhou para o pai de Anastácia. Durante o dia vagueiam, à vela, por entre o secreto esplendor das ilhas. Nadam. Pescam. Leem. Almoçam nalgum restaurante rústico, numa praia abandonada, e depois regressam ao barco. Nadam. Pescam. Leem. Ao entardecer lançam âncora nas águas mortas de uma qualquer baía, jantam frugalmente e dormem. Passaram-se quinze dias. O coronel tem a pele lisa e brilhante de um animal sadio, deixou crescer a barba, os músculos tensos reluzem sob o sol – quando faz sol. Hoje, porém, choveu o dia inteiro uma água fina, esfriou, uma desolação, e parece a Francisco que foi sempre assim desde que Deus criou o mundo, ou desde que o mundo se criou a si próprio, e depois os homens criaram Deus, e que assim há-de ser até ao fim dos tempos. Tentou ler (está a reler Nuno Júdice) mas foi-lhe impossível.

> "*É impossível que o sol recupere o seu rumo*
> *No horizonte – apesar da madrugada e das*
> *estranhas aves*
> *Que a cantam em uníssono, deixando entrever*
> *uma luz inútil*
> *Nos corredores da memória.*"

E por aí afora. Sente que se afunda no lodo da desesperança. Conhece os sinais. A apatia. Um cansaço não do corpo mas do espírito. Um abandono, a alma na corrente, e as sirenes uivando no porto. Uma tarde idêntica àquela, em Berlim, encontrou-se debruçado sobre um viaduto. À sua volta tudo era cinzento, os prédios e o céu, as pessoas e os cães, inclusive os olhos dos cães, tudo de uma mesma cor funesta, que se diria emergir de dentro, como o suor. Comboios passavam indiferentes lá em baixo. Havia um telefone público ao lado e ele ligou para Dona Ermelinda. Queria ouvir a voz da mãe antes do salto. Não disse muita coisa, duas ou três palavras vazias, mas, pela maneira como as disse, a velha compreendeu tudo.

– Não penses nisso, rapazinho. Não penses nisso, porque eu vou à tua procura, onde quer que estejas, e dou-te uma surra de cavalo-marinho. Agora bebe um chá bem quente, descansa, dorme, e amanhã de manhã, logo que acordares, volta a ligar para mim.

Francisco obedeceu. Havia na voz da mãe uma tal firmeza, tamanha autoridade, que ele não podia deixar de lhe obedecer. No dia seguinte voltou a telefonar. Dona Ermelinda atendeu-o com calor.

– Meu filho –, disse-lhe, – não te esqueças nunca que esse teu corpo fui eu que o fiz. Fui eu que te tive, eu que te criei. Não me deves apenas obediência. Antes de prestares contas a Deus é a mim que tens de o fazer.

Pensa em ligar para a mãe. Levanta-se, gira o corpo lentamente, à procura de um horizonte aberto onde espraiar os olhos. Dir-se-ia que estão no meio de um lago. A terra abraça o mar. Subitamente a água agita-se à sua esquerda, num tumulto de bolhas, e ele vê surgir Euclides, com uma máscara de mergulho, tubo respiradouro, longas barbatanas azul cobalto. O jornalista gosta de mergulhar. Arranca a máscara com a mão direita, repara no coronel, debruçado sobre a amurada e acena-lhe feliz.

— Magnífico! – Grita. – Quero morrer no mar!
Para Francisco a alegria de Euclides é quase insultuosa. Caramba! O tipo está sempre alegre, não respeita a tristeza dos outros. Vê-o galgar as escadas, enxugar o corpo com uma toalha, e estender-se numa cadeira a ler um livro – *Psychedelics Encyclopedia*. Ultimamente só lê livros sobre alucinógenos. Trouxe para o barco uma pequena biblioteca especializada. Ontem contou-lhe a estranha experiência no apartamento de Anastácia. O coronel, porém, não o levou a sério.
— Não estamos nos anos sessenta! – Troçou. – Não tens dezoito anos. O Carlos Castañeda já morreu; e além disso, meu cota, o muadié era um aldrabão.
Euclides irritou-se:
— Falei com a minha mãe!
— Pensei que não soubesses quem foram os teus pais...
— Bem, agora sei.
— Falaste como? Vais-me dizer que a viste em sonhos?...
— Vi-a, falei com ela, mas não sei se era um sonho...
— O que te disse?
— Disse-me que tem olhado por mim.
— Só isso?
O jornalista voltou-lhe as costas.
— Não, não foi só isso, mas o resto não mereces saber.

(boas e más notícias)

Nessa noite aportam em Paraty. Francisco só percebe a manobra quando, recolhido na solidão do seu quarto, escuta o rumor do cais. Sobe as escadas e encontra Euclides muito agitado. O jornalista diz-lhe que Anastácia telefonou e tem novidades.

— Ela espera por nós.

Está ali mesmo. Alta e solene e muito branca, num branco vestido solto, uma luz a arder contra o macio veludo da noite. Francisco lê-lhe nos olhos a inquietação e a urgência. Parece mais velha, ou mais cansada, ou ambas as coisas.

— Acabaram as férias, meus queridos. Peguem as vossas coisas e vamos. Não há tempo a perder. Pelo caminho explico tudo.

Conta, já no carro, que os homens de Jararaca deitaram a mão a um agente angolano. O homem entrou no Morro da Barriga e foi subindo, perguntando a diversas pessoas se conheciam Francisco Palmares. Teve a pouca sorte de se cruzar com Bartolomeu Catiavala e este reconheceu-o. O coronel olha-a aturdido.

— Monte?!

— Esse. Veio aqui com ordens para assassinar você. Essa é a boa notícia. Quer saber a má? Também a polícia anda à sua procura. Publicaram fotografias nos jornais. O que aconteceu, coronel? Parece que de repente ficou famoso...

Euclides responde por ele.

— Confiou numa mulher. Pouca sorte. Era talvez a única em quem não podia confiar.

Rio de Janeiro, Morro da Barriga, sete horas da manhã

(a natureza do escorpião)

Monte está amarrado a uma cadeira, o cabelo em desalinho, a barba indomável, fundas olheiras de fadiga no rosto amarelo. Mesmo naquele estado, porém, parece invencível. Enfrenta em silêncio, desdenhoso, o olhar de Francisco Palmares. O coronel abana a cabeça, incomodado; pede a Jacaré que o desamarre. O outro protesta.

— Isso é bicho ruim. Melhor acabar logo com ele...

Bartolomeu Catiavala está de acordo:

— Não lhe dei um tiro, eu próprio, para que você pudesse interrogá-lo. Passei um mau bocado nas mãos desse branco, lá no Ministério, em Luanda. É o carrasco do Velho. Disse-me que veio aqui para nos matar, a mim e a você, disse-me que nunca deixou de cumprir uma missão — imagina! Tremendo cara de pau. O Velho, é claro, prefere que a polícia brasileira não nos apanhe vivos.

Jararaca encolhe os ombros:

— Olha, eu lavo as mãos. Você pode fazer com ele o que quiser, coronel. Quer matar? Mata. Quer deixar ir? Tudo bem. Não é assunto meu.

Catiavala exalta-se:

— Deixar ir? Fui eu que o apanhei, não o deixo sair daqui. Ele sabe demais. Entrega-nos a todos. Aliás, coronel, é bom você saber que o desgraçado já falou com a polícia. Tive de deixar a minha casa. Mudei-me para aqui, onde me sinto mais seguro, é zona nossa – terra libertada, maninho, terra de pretos! – mas sei que tenho os passos vigiados.

    Francisco pede que o deixem a sós com Monte. Espera que todos saiam e desamarra-o. Puxa depois uma cadeira e senta-se diante do Grande Inquisidor, de braços cruzados, tentando recuperar a serenidade. Passeia os olhos pelo barraco estreito – o telhado de zinco, as paredes em tijolos de betão, a pequena janela, meio encoberta por uma cortina de plástico, por onde forceja uma luz amarga. Num dos cantos, sobre um caixote de madeira, dorme uma velha televisão em cujo *écran* alguém colou um papel com duas palavras escritas numa caligrafia irregular – *Droga Eletrónica*. Presa à parede, logo por cima do aparelho, sobressai a fotografia de uma mulher jovem, nua, sentada numa cama. O que mais impressiona na imagem são as cores. O lume esmeralda que se desprende das paredes e flutua ao redor do corpo da mulher.

    Monte segue o olhar de Francisco.

    – Havana –, diz. – Tenho a certeza. Há cores que só existem em Cuba.

    – Foi lá que aprendeste a matar, não foi?

    – Foi. Entre outras coisas. E tu, foi em Berlim?

    – Entre outras coisas...

    – Eu tive mais sorte, camarada, tive mais sorte. Em Berlim, tenho a certeza, não encontraste mulatas como aquela.

    – Não. Não encontrei. E agora?

    "Dispara, cobarde, sólo vas a matar a un hombre..."

— Che Guevara, as últimas palavras, segundo a lenda.
— Ganhaste outra vez.
— Ganhei. Nesse jogo, eu ganho sempre. Mas não estou aqui para te matar, nem tu, sinto muito desiludir-te, és o Che Guevara.
Monte sorri, um sorriso sem compaixão.
— Tudo nos separa, camarada. Não aprendeste nada em Berlim. Não aprendeste nada em Angola. Se eu tivesse uma arma achas que hesitava em disparar?
— Foi o Velho que te mandou?
— Foi. Pessoalmente. Almocei com ele no Palácio. O Velho não te perdoa...
— E os meus pais?
— Não! Não, não fui eu, já estava no Rio. Lamento muito, sinceramente. Não tive nada a ver com tamanho disparate. Os canucos tinham ordens para recuperar os documentos, só isso, ninguém lhes disse que podiam agredir as pessoas. Bastava fazerem uma boa busca. São matumbos. Não estudaram, como nós, não têm formação. Sabes como se reconhece um agente do Ministério, hoje em dia? É fácil: vestem fato azul, todos eles, são gordos e arrogantes e usam nomes impossíveis. Por exemplo, Frederico. Onde já se viu um bumbo chamado Frederico? Se encontrares um bumbo chamado Frederico, é porque se trata de um agente da segurança de Estado.
Noutra altura Francisco teria achado graça. Naquele instante, porém, volta a pensar no velho Feliciano Palmares e novamente se enche de cólera.
— Porra, Monte! Bartolomeu tem razão. Em que é que te transformaste? Num carrasco. No cão raivoso do Presidente. Antigamente defendias um ideal, lutavas por

uma bandeira, talvez tivesse sido tudo, de fato, um terrível equívoco histórico. Ainda assim acreditavas nisso. E agora? O que defendes?...

Monte tem os olhos baixos. Fricciona os pulsos marcados pelas cordas. Fala baixinho. Pergunta-lhe se conhece a parábola do escorpião e da rã. Francisco encolhe os ombros, não conhece. O Grande Inquisidor conta-lhe a estória. Ri-se com amargura:

— Também eu não te pedirei perdão.

Tira do bolso das calças uma caixa de fósforos, abre-a, e mostra-a a Francisco. Um escaravelho verde, com uns três centímetros de comprimento, reluz lá dentro. O coronel coloca-o com cuidado na palma da mão esquerda. Os dois homens contemplam comovidos o brilho metálico do animal morto. Lembra uma joia muito antiga.

— *Pelidnota cyanipes* —, sussurra Monte. — Parece tão sólido, não achas? Capaz de durar para sempre. Só existe no Brasil. Comprei-o ontem a um colecionador. Fica para ti, coronel. No antigo Egito o escaravelho era um símbolo do renascimento. Talvez tu ainda possas renascer, recomeçar tudo de novo, esquecer o passado.

Suspira fundo:

— Olha para mim e lamenta-me, amigo, eu sou o passado!

Bom dia, Liberdade!

Luanda, Palácio da Cidade Alta, quatorze horas e trinta minutos

(o sonho do Presidente)

O Presidente foi sempre um homem de hábitos sólidos. Todas as tardes, após o almoço, encosta a porta do seu gabinete, descalça-se, estende-se num grande sofá de couro, cobre o rosto com um lenço e adormece.

– A sesta –, costuma dizer, – é a única liberdade que me resta.

Sonha com Júlio César. Há três tardes consecutivas que sonha com o imperador. Vê-o passear distraído junto à estátua de Pompeu. Testemunha, mudo de pânico, o instante em que Bruto, saltando das sombras, afunda o punhal no seu corpo. Conta os golpes, vê como ele se dobra, as mãos tintas do próprio sangue, vê-o erguer os olhos e reconhecer espantado o rosto do assassino:

– Também tu, Marcus Junius?! Então César morrerá...

Desta vez, contudo, o Presidente consegue gritar, e o seu grito alerta César. O Presidente brada:

– Foge, caralho, foge!

O imperador volve o rosto na sua direção mas, desgraçadamente, é demasiado tarde, já o traidor irrompe por detrás da estátua, eis que ergue o punhal e o sangue espirra.

Rio de Janeiro, Ipanema, apartamento de Jorge e Bárbara Velho, madrugada de sábado

(Caô Cabiecilê!)

Há dois tipos de cansaço: o dos vencedores e o dos vencidos. Nesta madrugada de sábado – enquanto os negros descem dos morros para tomarem nas mãos o seu destino – Jorge Velho experimenta a fadiga sem glória dos derrotados. Sonha que caminha por uma terra áspera, desmedida, desolada, na companhia de um enorme leão, carregando às costas um saco de couro e um machado de duas lâminas. Vê então, à sua frente, as pedras transformarem-se em cães selvagens e saltarem-lhe ao caminho. Defende-se como pode, auxiliado pelo leão, mas por cada animal que mata nascem dez, nascem cem, nascem mil, de tal forma que em pouco tempo já a planície inteira late e uiva, gane e espuma, num medonho caos.

– Engole as mangas que trazes no saco –, grita-lhe o leão sem abrandar a luta, – e terás o poder dos trovões.

Ele assim faz e com efeito começa a cuspir fogo, abrindo à sua frente rios de sangue, semeando o terror na matilha. Os cães têm o rosto de Mateus Weissmann. Não são cães, são soldados, são cães e soldados, e todos sorriem, escarninhos, e gargalham e cachinam com o rosto muito pálido do general gaúcho. Acorda banhado em suor. Há tiroteio no morro. Bárbara dorme ao seu lado, nua e forte e verdadeira — um rochedo de paz. Fica um largo tempo a admirar-lhe o sono. Passa devagar a mão sobre a pele plácida da mulher, sem contudo a tocar, sentindo fluir dela o calor e a vida. Ama-a. Deus! Como a ama. Ama-a sem sossego, com o mesmo entusiasmo juvenil com que há vinte e cinco anos a beijou pela primeira vez. Levanta-se sem fazer ruído, abre a porta de vidro e sai para a varanda. Os tiros que se escutam, afinal, parecem vir da praia, de Ipanema, ou melhor, da Ponta do Arpoador. Várias rajadas. Aquilo não é normal. Sorri com tristeza. Seria normal se houvesse tiros nas favelas. Isso sim, é normal no Rio de Janeiro, em São Paulo, em qualquer grande cidade do país. Há semanas, porém, que não se ouvem tiros. Desde que o Comando Negro ocupou a Rocinha, e depois o Vidigal, o Morro do Pavão, Santa Marta, a Babilônia. Lembra-se da última reunião com o governador:

— Estou de saco cheio, delegado. Jararaca está tomando tudo. Descontando Antônio Conselheiro, Zumbi dos Palmares ou Lampião, que aliás agora são festejados como heróis, nunca houve na história do Brasil um marginal com tamanho poder. O Planalto está me pressionando. O exército quer atuar. Sou ele ou eu...

— O que isso quer dizer, Pedro, é que sou eu...

— Jorge, meu amigo, aprecio sua honestidade, toda a gente aprecia. Mas isto foi longe demais. Já não se resolve com conversa mole. Enquanto era apenas uma guerra entre traficantes, ou entre polícias e bandidos, tudo bem, dava para segurar. Afinal de contas só morria crioulo. Tiroteio no morro não faz manchete. O problema é que esse sujeitinho, Jararaca, decidiu virar político: dá entrevista para a televisão, bota discurso... o diabo! Até a CNN já subiu ao Morro da

Barriga para falar com ele. Isso desacredita o Brasil. Afasta os investidores. José Inácio quer ação. Lamento muito, amigo, você perdeu.

Jorge Velho demitiu-se. Ultrapassou, inclusive, o propósito do governador – abandonou a polícia. Nos dias seguintes descarregou a cólera em debates na rádio e na televisão, em palestras nas universidades, em longos artigos nos jornais. Acusou o Presidente José Inácio de estar a preparar um massacre. Atacou os intelectuais da extrema esquerda, "tristes burgueses desocupados, irresponsáveis revolucionários de gabinete", por se atreverem a apoiar Jararaca. Atirou-se a Mateus Weissmann, com unhas e dentes, feroz determinação suicida, lembrando uma velha piada, "um civil pode-se militarizar; um militar é incivilizável", e apelando aos soldados para abandonarem as armas. Depois, compreendendo ter mais razão do que inicialmente havia suposto, deixou-se afundar numa tristeza escura. Há três dias que não sai de casa. Não vê televisão. Desligou o telefone. Recusa-se a receber os amigos.

Ali, na varanda, de cuecas, sentado numa cadeira de lona, pensa de novo em Jararaca. Lembra-se da conversa que teve com ele, em casa de Anastácia Hadock Lobo, e pela primeira vez vê-o com alguma simpatia. O filho da puta vai morrer, é como se já estivesse morto, mas morrerá de pé. Alonga os olhos pela escuridão que se estende à sua frente, apura os ouvidos, tenta adivinhar na respiração da noite os sinais da grande cólera que – ele sabe-o – devora a cidade. Pouco a pouco relaxa. A noite está morna. Suspira, fecha os olhos e logo relembra o estranho sonho. Havia um machado, não era? Um machado de duas lâminas. Cães...

... A explosão sobressalta-o.

Logo que se extingue, porém, assim que os vidros param de vibrar e o ar sossega, já ele duvida. Houve realmente uma deflagração, algures na grande noite verídica, ou apenas nas trevas mortas do seu sonho? Levanta-se num alvoroço. Debruça-se sobre o mistério. Foi onde, aquilo? O que terá sido? Não era algo nítido, bem recortado, como um trovão, pareceu-lhe antes um som abafado e sem arestas. Há pouco escutou tiros na praia. Agora uma grande explosão vinda lá de trás, do outro lado do morro, certamente para além da lagoa. Espreita o relógio. São quatro e vinte. Reentra em casa, instala-se num velho sofá de couro, na sala, e liga a televisão. Um casal abraça-se numa praia deserta... Uma mulher canta na banheira... Um arco-íris cresce sobre um prado verde... Um leão devora a carcaça de uma gazela... Um veleiro afunda-se num mar de tempestade... Jararaca lê um poema:

"*É hora
de amolar a foice
e cortar o pescoço do cão.*

*É hora
de sair do gueto
eito,
senzala
e vir para a sala
- Nosso lugar é junto ao Sol.*"

Jorge conhece os versos. São de Adão Ventura. Quando terá sido gravado aquilo? Onde? Parece um estúdio.

Repara no logotipo do Canal Planeta. O homem mais procurado pela polícia do Rio de Janeiro está a discursar, tranquilamente, num estúdio de televisão! Jorge Velho, de tão nervoso, mal consegue prestar atenção no que diz Jararaca. Frases soltas dançam no seu espírito sem que ele consiga ordená-las.
... a vontade da maioria do povo brasileiro...
... apelamos à serenidade...
... o Comando Negro controla todas as entradas...
... se uma guerra amanhã estalar...
... os soldados são negros, os policiais são negros...
... para impedir um banho de sangue...

Mas que porra é aquela? Jorge Velho senta-se muito direito. Doem-lhe as costas. Respira com dificuldade. Esforça-se por prestar atenção. Jararaca fala agora em negociações.
O Comando Negro exige do governo federal,

Ponto 1 – Uma ampla anistia para os soldados sob a sua direção, aqueles que estão detidos, e todos os heróis que desceram hoje dos morros para combater a escravidão.

Ponto 2 – A imediata demissão do Ministro da Defesa, General Mateus Weissmann.

Ponto 3 – Uma indenização simbólica a todos os brasileiros de ascendência africana e um pedido público de desculpas pelos séculos de exploração e opressão.

Ponto 4 – A introdução de um sistema de cotas para afrodescendentes, nunca inferior a quarenta por cento, não apenas nas universidades e repartições públicas, mas também para cargos superiores na polícia e no exército, e candidatos a deputados estaduais e federais.

Ponto 5 – Durante as negociações com o governo todas as unidades das Forças Armadas estacionadas no Rio de Janeiro devem recuar para fora das fronteiras do Estado e não interferir.

O dirigente do Comando Negro veste uma camiseta do Clube Militar de Luanda. Jorge Velho reconhece os símbolos – o punho negro, a metralhadora, a estrela amarela sob fundo vermelho –, porque já os viu inúmeras vezes em bandeiras e cartazes ou pintados nas paredes das favelas, mas é incapaz de decifrar a sigla, CML. Jararaca tem ao pescoço um colar de miçangas vermelhas e negras. Olha de frente para Jorge Velho. Olha de frente para o mundo. Conclui solene e desafiador:
– Estamos voltando hoje uma página na História do Brasil. Este país nunca mais será igual. Bom dia, Liberdade!
Cala-se. Ouve-se alguém gritar:
– Corta, porra, corta logo!
Ele levanta-se e a imagem desaparece. Surge uma fotografia da cidade, o clássico cartão-postal, com o Pão de Açúcar em primeiro plano. Soam os primeiros versos de *Manhã de Carnaval*.

"*Manhã, tão bonita manhã
na vida uma nova canção
cantando só teus olhos
teu riso e tuas mãos.*"

Jorge Velho liga para a Décima Terceira Delegacia, no número 1.260 da Avenida Nossa Senhora de Copacabana. Não precisa se identificar. O policial que o atende reconhece-lhe a voz.

— Delegado? Estamos cercados! O senhor sabe o que está acontecendo na cidade?

Na Décima Segunda ninguém o atende. Na Décima Quarta, no Leblon, o telefone dá sinal de ocupado. Liga para casa do governador – ocupado. Veste-se às pressas. Não sabe o que fazer. Sabe que tem de fazer alguma coisa. Bárbara surpreende-o quando já tem a mão na maçaneta da porta de saída.

— Onde vais?

Ele não sabe o que dizer. Olha a mulher com carinho.

— Não saias –, diz-lhe. – Não deixes as meninas sair. Alguma coisa impossível está acontecendo.

— O quê?

— Nem sei como lhe chamar, amor, não sei mesmo. Como chamará você a isto? Uma revolta de escravos?...

(o rosto de Jesus)

Há pouca gente nas ruas. Jorge Velho conduz devagar o seu velho carro, primeiro sem rumo definido, depois em direção a Botafogo. O Governador Pedro de Almeida mora sozinho no trigésimo andar do Edifício Apolo, um dos mais altos da cidade, com vista sobre a Enseada de Botafogo, o Pão de Açúcar, o Corcovado, o Morro Dois Irmãos, e muito ao fundo, confundindo-se com a bruma, a Pedra da Gávea. Jorge Velho lembra-se outra vez do estranho sonho. Sorri.

— Devia ter trazido o machado. O saco dos trovões.

Cinco ou seis homens olham assustados na direção do Cristo Redentor. Apontam para a estátua. Trocam palavras numa grande agitação. Jorge estaciona o carro e sai. O rosto de Jesus Cristo foi pintado de preto. Entre os seus fortes braços abertos está suspensa uma bandeira do Comando Negro. O ex-delegado sente uma vertigem. Apoia-se ao carro. Um mendigo olha-o com um sorriso de troça, fulgurantes dentes de triunfo. Jorge só agora repara nele – um preto velho, barba áspera, muito magro, alto e direito como um príncipe etíope. Ofende-o a altivez do homem. O que pretende? A estranha figura pisca-lhe o olho numa cumplicidade chocarreira. Grita-lhe:

– *Caô Cabiecilê*!

Numa vênia. Solta uma gargalhada e afasta-se trauteando os últimos versos de "Manhã de Carnaval":

"Pois há de haver um dia em que verás
das cordas do meu violão
que só teu amor procurou
vem uma voz falar dos beijos perdidos
nos lábios teus
canta o meu coração, alegria voltou
tão feliz a manhã deste amor."

Jorge Velho volta a entrar no carro. Sente-se confuso. É a guerra, aquilo?

E ele, de que lado está?

Rio de Janeiro, Morro da Barriga, cinco horas da tarde

(diálogo à beira do abismo)

A cidade aos seus pés é a mesma da tarde anterior mas a ele, a todos eles, parece outra. Francisco Palmares inspira devagar a força úmida, vegetal, que ascende dos grandes morros verdes. Enche os pulmões. Percebe, de repente, que nunca em toda a sua vida se sentiu tão bem. Euclides olha-o com curiosidade:
— E agora?
O coronel não responde logo. Um vento frio encrespa-lhe a pele. Vê formar-se ao longe, para além do abismo, um redemoinho de poeiras, folhas, velhos sacos de plástico, que ficam depois flutuando no céu incendiado. Lembra-se das tardes lentas de domingo, no Mussulo, em que acompanhava o pai nas pescarias. Atravessavam a ilha a pé. Terra de areia branca. Mangueiras frondosas. O brilho do mar. Foi feliz nessa época, quando não havia nem memória nem culpa, e tudo era eterno, e as pessoas riam à toa debaixo do sol. Feliciano Palmares partiu, pouco depois, para se juntar à guerrilha. Ele habituou-se à tristeza. E agora ali está, num país alheio, contemplando uma cidade que não é a sua, mas que ele já ama como se nela houvesse nascido, e pela primeira vez desde há tantos anos volta a experimentar uma alegria intensa.

— Agora o governo terá de negociar.
— Pensei que fosses sempre pessimista. Eu, que costumo ser o otimista de serviço, não me sinto tão seguro. O que vocês estão a fazer parece-me uma enorme loucura. O exército pode avançar, e se isso acontecer será um banho de sangue...
— Não havia outra solução. O Weissmann ia mandar a tropa ocupar as favelas. Primeiro o Morro da Barriga. A seguir os outros. O único muadié que se opunha a isso era o Jorge Velho. Agora não avançarão. Fizemos explodir o túnel Rebouças. Controlamos as entradas, os morros todos, os prédios mais altos, o Corcovado, o Pão de Açúcar. Dispomos de armamento pesado, inclusive de meia dúzia de mísseis Stinger, sabias? Material que o Catiavala comprou aos maninhos. Em Angola consegue comprar-se todo o tipo de armas. Desde o Vidigal ao Mundo Novo, meu cota, o Rio é nosso. Tomamos o Forte de Copacabana, o Duque de Caxias, as delegacias, prendemos o governador. Vão avançar como, então?
— É verdade que o Presidente José Inácio ligou para o Jararaca? Diz-se que conversaram durante mais de meia hora...
— Sim, podes noticiar isso. O Jararaca está com uma agenda de Chefe de Estado. Falou com o José Inácio, falou com jornais do mundo inteiro, reuniu-se à tarde com os representantes do corpo diplomático, eu sei lá, está a revelar-se um estadista. Também lhe ligou o velho Fidel, sabias? Ofereceu asilo político para todos os revoltosos...
— Quantos mortos?
— Nenhum! Vinte e dois feridos — sete polícias, dois soldados, e treze dos nossos combatentes. Não houve mortos. Parece a Revolução de Abril em Portugal...

— Em Portugal as pessoas saíram às ruas a festejar!
— Aqui também sairiam, se nós deixássemos. Pedimos aos comitês do Comando Negro, às Associações de Moradores, a todas as igrejas, para acalmarem o povo. Não queremos ninguém nas ruas criando confusão. O carnaval é em fevereiro, cota! Precisamos de muita tranquilidade...
— Acho as pessoas assustadas...
— Assustada está a burguesia, isso sim! O povo, nas favelas, apoia-nos de alma e coração. Abre os olhos meu parente: os negros brasileiros esperaram quinhentos anos por este dia!...
— Poupa-me, coronel. Guarda a retórica para os comícios ou para os discursos do Jararaca. Suponho, aliás, que foste tu quem escreveu aquela espécie de manifesto que o tipo leu na televisão...
— Não, não fui. Subestimas o muadié. Jararaca é inteligente, gosta de livros, sempre leu muito e sabe o que quer...
— Posso entrevistá-lo?
— Hoje não. Talvez amanhã...
— Há outros angolanos envolvidos nesta aventura?
— Poucos. Na Vila do João vivem mais de dois mil refugiados, jovens, e alguns, como sabes, têm experiência militar. Conversei com eles. Inútil. Não querem confusão. Fugiram de uma guerra. Ficam nervosos só de pensar que os querem meter noutra...
— Por falar em angolanos, onde está o camarada Monte? Disseram-me que o fuzilaste, ou que o mandaste fuzilar. Não acredito. Não posso acreditar nisso...

Francisco Palmares aponta para o largo abismo:
— Está lá no fundo, meu cota. Dei-lhe um tiro na cabeça e depois empurrei o corpo...

Euclides olha-o muito sério. O coronel força um sorriso. Dá-lhe uma palmada nos ombros:

— Bem, essa é a versão oficial. Queres saber a verdade?

As nuvens ardem. Saltam e contorcem-se sopradas pelo vento forte. A cidade escurece sob o céu em convulsão. Quase não circulam carros nas ruas. Distingue-se ainda, preso entre dois sólidos morros, o mar remoto. Um grande animal acossado e silencioso.

— Conversamos. Conversamos muito tempo e depois deixei-o ir. Desapareceu. Foi-se embora. Acho que voltou para Luanda. Estaria melhor, possivelmente, se o tivesse empurrado para esse abismo.

Rio de Janeiro, Ipanema, apartamento de Jorge e Bárbara Velho, noite

(sobre como Bárbara se descobriu negra)

Apareciam lá em casa muitas mulheres negras. A mãe alisava-lhes os cabelos crespos com um grosso pente de ferro, previamente aquecido ao lume, no fogão, e que a ela lembrava sempre um instrumento de tortura, um aparelho para marcar gente, como aqueles que se usavam nos tempos antigos,
(isso fora-lhe contado pela bisavó).
Uma fumaça espessa soltava-se das cabeleiras esticadas à força. A casa enchia-se de um odor forte de vaselina, terra exausta, musgo úmido. Cheiros. Bárbara tem uma particular memória olfativa. Neste exato instante, sentada ao lado do telefone, olhando sem ver as imagens que se sucedem na televisão, procura recordar os primeiros odores da sua infância. Jorge saiu de manhã muito cedo e nunca mais deu notícias. Girinos. Lembra-se de afundar o rosto na água, no lago atrás de casa, para cheirar os girinos. As mulheres discutiam as propriedades dos diferentes cremes. Uma tarde alguém trouxe de Nova Iorque um produto especial capaz de deixar os cabelos lisos e inteiramente soltos.
– Teu cabelo voa com o vento?
A televisão transmite imagens do Rio de Janeiro recolhidas de helicóptero. Uma cidade vazia. Porque Jorge não

liga? Ela era a mais escura das cinco irmãs. A mãe chamava-a com carinho,

"Pretinha. Resto de samba."

Lembra-se de uma vizinha acariciando-lhe a cabeça:

– Pobre mocinha. Que cabelo ruim...

Viviam num largo sobrado. A bisavó já não conseguia subir as escadas e por isso tomava banho na sala. As crianças estavam proibidas de descer enquanto a velha senhora não concluísse o ritual. Estendida na cama, no seu quarto, Bárbara inspirava o doce perfume do sabonete Phebo, logo depois o da laca e, finalmente, o da colônia de alfazema. Então sabia que podia descer.

Onde estará o marido?

O Canal Planeta só transmite velhos filmes brasileiros. Um outro canal, de São Paulo, mostra imagens da última exposição de Anastácia Hadock Lobo. O repórter explica que a artista, filha de um rico industrial carioca, mantém há vários meses um caso de amor com Jararaca. Bárbara já sabia. Jorge contou-lhe tudo. Ela não ficou surpreendida. Acha que Anastácia procura expiar o pecado da sua condição de menina branca e bem-nascida oferecendo-se ao traficante.

– Coitada –, comentou com o marido, – deve julgar que dessa forma redime a burguesia dos seus erros. Jesus Cristo morrendo na cruz para salvar a humanidade, nova versão revista e atualizada.

Jorge! Passa das oito e ele não vem. Bárbara telefonou para vários amigos. Ninguém sabe nada. Tentou ligar para a casa do governador. Ocupado. A bisavó sofria de diabetes. O seu hálito cheirava a acetona. Há doenças que podem ser diagnosticadas apenas pelo odor. Pacientes com rubéola ou sarampo cheiram a penas frescas. Um fedor ácido, de palha putrefacta, denuncia a febre tifoide. Pessoas atingidas pela varíola ou catapora tresandam por vezes ao pelo de animais selvagens. Também o sabiá possuía um bom olfato. Também ele amava o perfume da lavanda. O pobre era cego dos dois olhos e só principiava o seu canto, o mais alto, o mais harmonioso, quando o perfume de alfazema subia, vindo da sala, e se espalhava depois por toda a casa. No dia em que a bisavó morreu o passarinho cantou tristemente. Na manhã seguinte não cantou. A luz perdera o aroma da lavanda. Morreu pouco depois. Jorge, meu Deus! Uma das meninas espreita-a, desconfiada.

– Está tudo bem, mãezinha?

Iemanjá. Distingue-as pelo cheiro. Quando nasceram, durante os primeiros meses, só era possível distingui-las pelo cheiro. Fisicamente continuam idênticas. Uma, porém, é silenciosa, tão enigmática quanto uma medusa. A outra, ao contrário, pisa o chão com veemência e ruído. Iemanjá e Aganju. Altas, flexíveis, a fina pele dourada brilhando de vigor. O telefone toca. Iemanjá precipita-se, agarra o aparelho:

– Pai?!

Bárbara estende a mão, furiosa:

– Deixa eu falar com ele!

– Velho, Dona Bárbara está aqui ao lado, arrancando os cabelos, morrendo de ansiedade...

Ela tira-lhe o telefone:

– O que aconteceu?

(uma carta fora do baralho)

Jorge Velho entra curvado. Abraça a mulher e as filhas. Atira-se para o sofá. As três mulheres rodeiam-no ansiosas.

— Como foi?

Ele repete o que disse há pouco, de um orelhão em Botafogo, assim que se viu na rua. Pedro de Almeida está preso no seu próprio apartamento. O prédio foi cercado por bandidos. Um deles reconheceu-o e conduziu-o ao apartamento do governador. Encontrou-o vestido com um velho roupão de senhora, descalço, a jogar cartas com Jacaré.

— Jogando cartas?

— Isso. Jacaré lembra-se muito bem de você. Mandou cumprimentos.

Recebeu-o aos gritos:

— Delegado! Tu é sangue bom, maluco. Tu tava fazendo falta aqui...

Jorge disse-lhe que já não era delegado. O governador, afundado no sofá, suspirou:

— Lamento muito...

Jacaré, animadíssimo, levou-os ao terraço e mostrou-lhes uma PKM apontada na direção da Avenida das Nações Unidas. Devia haver uns quinze soldados do tráfico ali, todos muito jovens, armados com metralhadoras, pistolas e lança-granadas. Alguns pareciam drogados. O rapaz puxou de um telemóvel, último modelo, e ligou para Jararaca. Disse-lhe que Jorge Velho chegara de surpresa.

— O que faço com o cara?

Quando desligou não conseguia esconder o desgosto.

— O chefe mandou te soltar. Parece que tu agora não tá valendo nada, coroa, é carta fora do baralho.

Jorge cala-se. Sente-se, de fato, uma carta fora do baralho. Um jornal lançado fora. Um traste. Ele, que foi sempre um homem de ação, está reduzido ao papel de observador — e isto em pleno temporal. Lembra-se do velho negro que encontrou em Botafogo.

— *Caô Cabiecilê!*

Bárbara estremece:

— Como?

— O que significa isso?

— Por quê? Nunca vi você interessado nos nossos cultos.

— O que significa?

— Calma, meu bem, é a saudação a Xangô nos terreiros de candomblé.

Rio de Janeiro, Ipanema, Clube Francês, tarde de sol

(tambores de guerra)

"Na estrada da vida, passado é contramão."
Euclides lê a frase, escrita com tinta vermelha no para-choque de um caminhão, e pensa em Dona Felicidade. Talvez seja, quem sabe? uma mensagem da mãe. Antes de sair do seu quarto, na Pensão Esperança, interrogou o pequeno caderno de capa preta. Estava escrito:
"Os batuques que festejam a guerra são os mesmos que anunciam a fome."
Caminha devagar pelo calçadão. Sempre gostou de andar a pé. Já está em Ipanema, muito próximo do Clube Francês, quando repara num sujeito gordo, de óculos redondos, sentado numa cadeira, junto à praia. Repara nele por causa da cadelinha parda, mutilada, o tronco preso a uma espécie de plataforma com rodas. Aflige-o ver o bicho assim. Parece-lhe um ser biônico, vindo, todavia, de um futuro já arcaico. Poderia figurar como animal de estimação do diabólico Barão Vladimir Harkonnen, aliás, Kenneth Mc Millan, em *Dune*, de David Lynch.
Jovens soldados do Comando Negro estão de sentinela à entrada do Clube Francês. Faz uma semana que Jararaca montou ali o seu quartel-general. A cidade mantém-se calma. As negociações com o governo avançam devagar, mas

avançam, o que a Euclides parece extraordinário. O jornalista começa finalmente a acreditar no êxito da operação. Sim, pensa, talvez possa haver um final feliz. O Presidente José Inácio mandou recuar todas as tropas para fora da área metropolitana. Recusou-se no entanto a demitir Mateus Weissmann. Algumas centenas de soldados e policiais, presos no Jockey Club desde a tomada da cidade, foram trocados por elementos do Comando Negro detidos em diversas penitenciárias do país. Jararaca permitiu que muitas famílias abandonassem a Zona Sul. Filas de carros, carregados com malas e caixotes, entupiram durante dois dias a Avenida Beira-Mar. Euclides lembrou-se dos colonos portugueses fugindo de Angola nos meses que antecederam a independência. Viu o mesmo medo nos olhos daquelas pessoas. A mesma surpresa. Um cansaço de fim de festa.

– Como é possível isto? O que estão fazendo? Enlouqueceram? Neste país nunca houve racismo!...

A voz aflita da madama, na fila, ao volante do seu carro, queixando-se a um soldado do morro. O rapaz rindo muito. Não ria da ingenuidade dela. Queria apenas ser simpático. As crianças também riam. Viviam o cortejo como se fosse carnaval. Gaiolas com papagaios. Cachorros ladrando pelas janelas dos carros. Homens nervosos. Mulheres pálidas. Um cheiro ácido de lixo e de suor.

Jararaca tem apelado aos comerciantes, em discursos transmitidos todas as noites pelo Canal Planeta, para que não encerrem os seus estabelecimentos. Prometeu manter a ordem e punir qualquer desacato.

– Também nós queremos ordem e progresso. Agora é a lei do morro: quem roubar fica sem mão. Quem matar morre também.

Não conseguiu no entanto sossegar os comerciantes. Quase todas as lojas estão fechadas. As poucas que continuam abertas já não têm muito para vender. Os preços dos produtos alimentares sobem em flecha.

(o preto também não gosta do preto)

Euclides mostra a um dos soldados, à entrada do Clube Francês, a sua carteira de jornalista. *Press*. Nome Profissional: E. Câmara. Número 3777. O rapaz estuda-a com atenção, volta-a ao contrário, e lê alto:
— As autoridades a quem esta carteira for exibida deverão prestar ao respectivo titular todo o apoio imprescindível ao bom desempenho da sua missão profissional, sem prejuízo da observância dos preceitos legais aplicáveis.
Passa-a a outro. Parecem intrigados:
— Onde tu conseguiu isto, moço?
— Em Portugal.
— Tu já viu um crioulo português, mano?
— E tem?
Euclides impacienta-se. Tenta recuperar o documento.
— Dê-me isso. Jararaca está à minha espera...
Os rapazes riem-se.
— Tu acha? Tu acha mesmo? Tu acha que o chefe tem tempo para falar com gnomo?
— Preto, mano! Gnomo preto!
Riem muito. Euclides pensa que aquele clube não lhe traz sorte. Mudou de mãos. O preconceito, porém, continua igual. Vem-lhe à memória uma famosa frase de Nelson Rodrigues:

"Aqui o branco não gosta do preto; e o preto também não gosta do preto."

Já pensa em ir embora, aborrecido, quando surge, lá de dentro, Luís Mansidão. Está mais magro, tão estreito e tão sumido, que se não fosse pelas roupas largas, em cores berrantes, talvez ninguém desse por ele. É em tudo uma criança menos nos olhos. Aqueles olhos viram muita coisa. São olhos de velho.

– Venha comigo, doutor –, diz. – O chefe está esperando.

Há muitos soldados do morro estendidos ao sol, no relvado, conversando baixo. Mansidão conduz Euclides a um gabinete espaçoso, cheio de luz, no primeiro andar do edifício. Um mapa do Rio de Janeiro ocupa duas das paredes. É enorme, com alfinetes de várias cores espetados aqui e ali, marcando as posições dos rebelados, e tão minucioso que Euclides não estranharia se incluísse a localização de cada uma das palmeiras imperiais do Jardim Botânico.

Jararaca surge minutos depois vestido de fato e gravata:

– Você, de terno?!

A surpresa do jornalista parece agradar-lhe.

– Gostou? Tive um encontro há pouco com uma delegação do governo. Isto é para eles não pensarem que preto não sabe se vestir. Francisco diz que ninguém desrespeita um homem elegante...

Euclides ri-se. Reconhece a frase. É de Feliciano Palmares.

(a entrevista)

Jornal Política Africana – Acha que as negociações com o governo estão a correr bem?

Jararaca – Não tem sido mole, não, mas avançamos alguma coisa.

JPA – O governo aceitou indenizar os negros?

Jararaca – Não. Mas aceitaram as cotas...

JPA – E quanto à demissão do General Mateus Weissmann?

Jararaca – Nisso não arredamos pé. Esse cara tem de sair. Ontem mesmo, você não ouviu? Ele voltou a dizer que o problema do Brasil é a mistura de raças. Disse que o que se passa aqui no Rio é uma baderna de crioulos, e que se o deixarem resolve o caso em dois dias, à chibatada. Disse que está querendo me ver no tronco...

JPA – Eu ouvi...

Jararaca – O que você não sabe é que tem muito soldado revoltado com essa linguagem racista. Tem muito policial revoltado. Tem policial preto que chega aqui, ao Clube, e vem oferecer a sua arma. Vem oferecer-se para a luta...

JPA – Quer dizer que há policiais a mudar de campo?

Jararaca – Certamente. Mais de uma centena, só aqui na zona libertada. Mas você deve estar sabendo que houve revoltas de militares em Salvador e no Recife. Nos Estados Unidos estão fazendo manifestações de solidariedade conosco, exigindo também a demissão do General Weissmann e uma anistia para todos os combatentes.

JPA – Há muita gente que não acredita na seriedade do Comando Negro. Afinal de contas ainda há pouco você era apenas um chefe de bandidos, um traficante, só recentemente começou a defender posições políticas...

Jararaca – Não. Sempre defendi essas posições. O que acontece é que só há pouco começaram a me ouvir.

JPA – E o tráfico de drogas?

Jararaca – E tinha outra solução? Negro no Brasil só consegue grana se for bom de bola, pagodeiro, ou se entrar no tráfico. Precisava de dinheiro. Precisava de armas para fazer a revolução.

JPA – Acredita realmente que o governo brasileiro vai anistiá-lo e a todos os outros elementos envolvidos na tomada do Rio?

Jararaca – O governo não tem alternativa. Estamos recebendo apoio de muita gente, dentro e fora do país, o mundo está de olho no Brasil. A nossa luta é justa. João Cândido também foi anistiado...

JPA – Sim, e a seguir preso e torturado...

Jararaca – Certo. O cara foi traído pelo governo. Os brancos são cruéis, são traiçoeiros. Mas hoje, tá sabendo? João Cândido é um grande herói!

(o Almirante Negro, uma história exemplar)

No dia vinte e dois de novembro de 1910 o Rio de Janeiro foi sequestrado pela Marinha de Guerra do Brasil. É difícil acreditar em tal coisa, eu sei, mesmo naquela época parecia algo irreal, mas aconteceu. Um grupo de marinheiros, capitaneados por João Cândido, homem de origem muito humilde, filho de escravos, natural do Rio Grande do Sul, tomou o comando de diversos navios de guerra, apontou os canhões na direção da capital e exigiu negociar com o governo. Dizer que se tratou de uma revolta de escravos não pode ser considerado um exagero. Na Marinha de Guerra, nesse tempo, os marinheiros eram quase todos filhos de escravos, ao passo que os oficiais descendiam na sua maioria de poderosos escravocratas. Não admira que a disciplina copiasse o cruel modelo das roças. Na sequência de uma pequena falta qualquer marinheiro podia ser amarrado de pés e mãos e ter as costas retalhadas a chicote. Os revoltosos exigiram em primeiro lugar o fim da Lei da Chibata. Queixaram-se da fraca qualidade do rancho e pediram uma anistia geral para os seus comandantes; com tudo, civilizadamente, o governo concordou. Mal os marinheiros se renderam, porém, dezoito deles foram atirados para uma pequena cela, no quartel do Batalhão Naval, na Ilha das Cobras. Pormenor: com o pretexto de desinfectar a cela lançaram-se para dentro desta diversos baldes de água com cal. A água evaporou-se rapidamente, no duro calor de dezembro, e o ar, carregado de cal, transformou-se numa substância viva e furiosa, que queimava e cortava como uma lâmina aquecida ao lume. Os homens gritaram desesperados, uivaram, imploraram, romperam os punhos de encontro à pedra. Escutaram-nos? Certamente que os escutaram. Ainda hoje os escutamos. Mas ninguém os atendeu. Quando finalmente a porta foi aberta, dias depois, o inferno estava ali, exposto em todo o seu absurdo horror. Apenas dois homens resistiam ainda, como assombrações, abraçados aos cadáveres dos companheiros. Um deles era João Cândido. Viveu mais cinquenta e nove anos atormentado pela memória daqueles dias. Expulso da Marinha, tuberculoso, descarregou navios. Passou fome. Humilhou-se. Rezou para que o esquecessem, sonhou com um tempo sem passado, pois de todas as vezes que alguém o reconhecia ele perdia o trabalho. E sim, Jararaca tem razão, hoje é um herói. João Bosco e Aldir Blanc compuseram um hino à sua glória.

Rio de Janeiro, Jardim Botânico, apartamento de Anastácia Hadock Lobo, quatro horas da madrugada

(um fantasma melancólico)

Anastácia sente-o a desprender-se com carinho do seu abraço. Assim como está, deitada de bruços, as pálpebras cerradas, adivinha os olhos dele percorrendo-lhe o corpo, o sorriso cansado mas feliz. Sabe que Jararaca se prepara para sair. Não quer que ele saia. Também não o quer prender. Talvez chore se abrir os olhos, e não mais consiga impedir a torrente de lágrimas, e assim se transforme em rio, e deságue no mar. Lembra-se de uma pobre mulher, enfeitiçada pelo marido, que chorou até mudar de estado. Foi Euclides quem lhe contou a história. O jornalista trabalhava na altura para a televisão. Uma tarde mandaram-no em reportagem ao Palanca, musseque enorme, habitado sobretudo por deslocados do norte. Pediram-lhe para filmar o estranho caso de uma mulher que desde há semanas chorava copiosamente. Ele foi. Mostraram-lhe a enfeitiçada, uma sombra esquálida, aos soluços, enrolada em cobertores. Os cobertores estavam encharcados e escuros. A água escorria pelo chão de cimento e derramava-se no pátio formando uma lama fria.

— Os sapatos ficavam presos naquela lama —, assegurou-lhe Euclides. — Parecia que alguém nos puxava para baixo, com força, como se todo o terreno estivesse coberto por areias movediças. Nunca mais lá voltei. Disseram-me que a senhora virou água e a seguir evaporou, a lama secou, e tudo regressou ao normal. O marido, a quem o povo acusava de ter enfeitiçado a pobre mulher, apareceu morto, pouco depois, com a garganta cortada.

    Anastácia escuta a porta que se abre, escuta a porta que se fecha, afunda o rosto no travesseiro e inspira com força o denso perfume de anis e alfazema. Há quantos anos tem aquele travesseiro? Nem se lembra mais. Trouxe-o de uma das viagens à Índia. Ou teria sido a Báli? Sem ele não consegue dormir.

    – A tua pele tem um cheiro estranho –, confessou Jararaca quando a conheceu. – Cheiras a sonhos.

    Agora Anastácia chora. Sabe que o vai perder. Sem ele a cama parece um imenso barco prestes a afundar-se. O Titanic depois do embate contra o *iceberg*. Um frio. Um grande silêncio. Jararaca desce pelas escadas de serviço. Faz dois dias que o governo cortou a luz da Zona Sul como forma de aumentar a pressão sobre os revoltosos. Os elevadores não funcionam. Pisa o chão com cuidado. Esforça-se, à chama insegura de um fósforo, por adivinhar os degraus. O fósforo apaga-se e ele acende outro. No pátio a noite é menos densa. Estrelas dançam absortas entre a folhagem. O fósforo queima-lhe os dedos. Apaga-o com um sopro. Procura no bolso das calças a chave da porta.

    – Quieto!

    A voz, atrás dele, sobressalta-o. Volta-se devagar. Sente a presença do homem, sólida, tranquila, antes mesmo de este acender o isqueiro e levar a chama ao cigarro. Vê-o por instantes, um sujeito gordo, sentado numa cadeira de plástico. Aquela voz... O timbre rouco... O sotaque arrastado...

— Você já vai, rapaz, tá preparado?

Distingue o brilho do metal na mão do matador. Aborrece-o acabar assim, sem glória, como um passarinho na boca da serpente.

— Estão pagando quanto pelo serviço?

Quer ganhar tempo. Capitão Virgulino puxa o fumo devagar. A chama do cigarro volta a iluminar-lhe o rosto largo, com traços índios, os olhos amargos por detrás dos óculos de aros redondos.

— Mais do que aquilo que você vale.

Aquela voz...

— Pai?!...

O homem atira o cigarro fora e levanta-se.

— Cazumbi?!

Bang!

Ou — Pam! Ou Pim! Ou Pum! Se Bartolomeu Catiavala estivesse aqui poderia com o seu ouvido privilegiado selecionar a melhor onomatopeia; ele, sim, conhece o idioma e o particular sotaque de cada arma. Seja então Bang! Neste caso — Bang! Bang!

Jararaca vê a compacta sombra à sua frente inclinar-se e cair. Ouve um grito de mulher, um latido fundo e logo a seguir a voz de Luís Mansidão.

— Tudo bem, chefe?! Apaguei o cavernoso...

O garoto, empoleirado no muro, segura uma pistola entre as mãos, firmemente, com uma segurança milagrosa para alguém tão franzino. Jararaca acende um fósforo e debruça-se sobre o corpo do matador. O sangue salta-lhe da boca. Luís Mansidão pula para o pátio:

— Faz cinco dias que esse malandro tava lhe seguindo, tu sabe? E eu na pegada dele.

Jararaca sacode a cabeça. Não diz nada. Anastácia surge a correr, aflita, vestida apenas com uma camiseta branca, descalça, e abraça-o pelas costas.

– Quem era?

O chefe do Comando Negro esfrega os olhos. Tem o ar de quem foi despertado de supetão. Transpira.

– Ninguém, branquinha. Um desgraçado.

Luanda, Palácio da Cidade Alta, quatorze horas e trinta e oito minutos

(a morte de César)

Ninguém tenta detê-lo enquanto percorre os silenciosos corredores do Palácio. Toda a gente conhece aquele homem magro, barba de três dias, olhos fundos, que mesmo perfumado, mesmo penteado, mesmo vestido com um fato azul-escuro, de bom corte, como está agora, um fato comprado um ano antes em Lisboa, etiqueta Hugo Boss, parece sempre desmazelado e aturdido. Mal-azado – diria o velho Feliciano Palmares, que nunca gostou dele. Os raros funcionários com quem se cruza cumprimentam-no com um leve aceno de cabeça. Poucos se atrevem a tratá-lo pelo nome. Muitos não sabem sequer como o hão de tratar. Não exibe título algum, nunca ostentou o brilho de uma patente e, se é rico, sequer o demonstra. Aqui, onde palpita nervoso o coração do poder, discute-se às vezes quanto desse poder lhe cabe. Impossível dizer.

– É um matumbola manobrado pelo Velho!

Quem costumava murmurar isto era um médico cardiologista que durante anos acompanhou o Presidente. Talvez tenha chegado perto da verdade. Antigamente dava-se este nome, matumbola, aos cadáveres ressuscitados por artes mágicas para servirem os interesses de poderosos feiticeiros. Monte está de acordo com a definição. Sempre esteve.

Nunca tanto quanto neste exato instante, enquanto atravessa corredores e corredores, com o seu passo elástico, macio, mal movendo a cabeça para responder aos cumprimentos de quem se cruza com ele. Um soldado da guarda presidencial vigia a porta que dá para os aposentos do Presidente. O Grande Inquisidor afasta-o com um simples estalar de dedos e entra.

Na tarde anterior o Presidente chamara ao seu gabinete o general responsável pela Segurança do Estado:

— General –, quis saber, – posso ter confiança nos meus guarda-costas?

O militar procurou tranquilizá-lo:

— Absoluta, excelência!

O Presidente, porém, insistiu:

— Receio que os homens que vigiam as minhas costas estejam particularmente bem posicionados para me alvejar à traição.

O general assustou-se. Era uma pergunta, aquilo, uma simples observação ou pretendia o Presidente acusar alguém? Explicou, apertando as mãos com força para esconder o tremor, que cada guarda-costas tinha a vigiá-lo, noite e dia, um agente do Ministério.

— E quem vigia esses homens?

O general baixou a voz. Pausadamente, como se falasse com uma criança, acrescentou que cada um desses agentes tinha a espiá-lo um terceiro, e assim sucessivamente, sendo que no fim voltava-se ao princípio, como numa ciranda, como uma pescadinha de rabo na boca, como um carrossel infatigável, isto é, os guarda-costas do Presidente vigiavam os agentes do Ministério.

O Presidente suspirou.

– E ao senhor, quem o vigia?

Fez a pergunta distraído, no mesmo tom manso e delicado com que podia ter-lhe perguntado pela saúde da esposa, e logo a seguir levantou-se e despediu-o. Sabia que aquela simples observação iria deixar o general nervoso. Ele gostava disso.

– Quero os gajos sempre em prontidão combativa.

Monte vê o Presidente estendido no grande sofá de couro, descalço, o rosto coberto por um lenço branco. Na parede em frente, ocupando-a por inteiro, um famoso artista nacional recriou, a partir de desperdícios encontrados nas praias e em lixeiras, desde portas velhas a chapas de ferro retorcidas e ferrugentas, um típico musseque luandense. A instalação sobressalta os visitantes estrangeiros.

– Também não gosto –, costuma explicar o Presidente, – mas acho um dever apoiar a arte moderna.

O Grande Inquisidor aproxima-se devagar do homem adormecido. Estuda-o um longo momento. Tira-lhe com cuidado o lenço do rosto. Sob as pálpebras cerradas os olhos do ditador movem-se rapidamente. Sonha. Monte senta-se numa cadeira, inclina-se, retira de um coldre preso à perna direita uma pequena pistola. Brinca com ela enquanto observa o sono alheio. Acorda-o? Sim, quer que o Velho saiba porque vai morrer. Não pensou no que fará a seguir. Os guardas vão entrar quando escutarem o disparo. Decide naquele momento que não irá resistir. Não quer mais mortos inúteis.

– Uma bala para ti, camarada. Uma bala para mim.

Bruto volta-se, sacudindo o sangue da toga. Em vez do punhal, que ainda há instantes enterrou na carne de

César, segura agora um revólver. Tem os olhos turvos por um ódio muito antigo:

— Já foste jovem. Há trinta anos terias morto o tirano em que te transformaste. Façamos de conta que esta bala disparaste-a tu trinta anos atrás.

Diz isto e faz fogo.

O Presidente abre os olhos.

Não há finais felizes

Rio de Janeiro, Orla da Lagoa, apartamento da mulher a quem Francisco Palmares chama o Anjo Azul, vinte de novembro, quatro horas da tarde

(o apocalipse)

A mulher a quem Francisco Palmares chama o Anjo Azul acorda desvairada pelo ruído dos motores, um estrépito metálico que parece irromper do teto e das paredes e submergir tudo. Tapa os ouvidos com as mãos para que o estrondo a não arraste, mas é inútil, pois aquilo cresce e bate de encontro à sua cabeça, um trovão, mil trovões em cascata, o chão oscila, os seus ossos estremecem, pensa que chegou ao fim, abusou do pó, tomou muito uísque, misturou tudo, pensa que não é justo morrer assim, o coração a galope, a falta de ar, não, não lhe parece justo morrer tão jovem e tão bela, e sobretudo tão sozinha, com um sol belíssimo tatuado no umbigo, os seios de virgem, os lábios generosos, pintados de azul, com os quais atrai e devora os homens, e levanta-se e cambaleia e agarra-se aos móveis para não cair, e vê as esquinas avançarem contra ela (nunca percebeu que havia tantas esquinas naquele apartamento) e ergue o rosto para respirar, porque se afunda, porque se afunda, Meu Deus! Porque lhe falta o ar, e pensa em Francisco, pensa que o seu último pensamento será para ele, ainda lhe sente o cheiro, as mãos fortes com que lhe segura, segurava, as ancas, o filho da puta, onde está o filho da puta? Consegue abrir a porta de vidro que dá para a varanda, o estrondo puxa-a para fora e ela vê o sol a girar e o céu em pânico, o sangue que cai, as penas que rodopiam com o vento e que se colam ao seu corpo nu, o sangue e as penas, uma chuva impossível de sangue e de penas, e pensa, então é verdade:

Vieram para matar os anjos.

Rio de Janeiro, Ipanema, Clube Francês, noite

(há batalhas que vale a pena perder)

A informação não parece impressioná-lo. Euclides insiste. Levanta a voz:
— Ouviste o que te disse?
— Ouvi. O Presidente baicou...
— E não te interessa?
Francisco Palmares franze as sobrancelhas. Toda a sua atenção está concentrada no grande mapa da sala de comando. Coloca e retira alfinetes. Desenha círculos a tinta vermelha ao redor de determinadas posições. Enlaça os dedos e estala-os. Finalmente volta-se para o jornalista:
— Então o Velho baicou? Morreu como?
— Faleceu durante o sono, enquanto fazia a sesta, ele era do tempo em que ainda se fazia a sesta. Ataque cardíaco. Foi Monte quem o encontrou...
— Monte? O nosso amigo tem um talento especial para encontrar defuntos...
Diz isto distraído e retoma o trabalho. O destino de Angola já não o entusiasma. Euclides senta-se numa cadeira. Abana a cabeça. Afaga perplexo o farto bigode. Aborrece-o o alheamento do outro:
— Pensei que te agradaria a notícia. A morte do Velho vai abrir caminho para a democracia plena. O regime está a

viver os seus últimos dias. Se a vossa aventura tiver um final feliz, entendes? Se o governo aceitar as vossas condições... Pois tu não entendes, coronel?!... Se o José Inácio anistiar toda a gente, podes depois regressar a Luanda...

Francisco Palmares enfrenta-o de novo. Desta vez olha-o com intensidade. Pousa a mão no ombro dele. Euclides sente-lhe a febre. Uma serena tristeza:

— Eu já não volto, meu cota. Não terei a alegria de morrer em Luanda. Primeiro, porque encontrei o meu destino. E depois, talvez nem se chegue a um acordo com o governo, talvez não haja um final feliz. A coisa aqui está a ficar feia...

— O que dizes?

— Tu sabes que temos problemas... Começa a faltar comida na cidade e, como dizia a minha avó, em casa que não tem pão todos ralham e ninguém tem razão... Há divisões no movimento, tem gente que quer assaltar os supermercados, os armazéns... Está a ser difícil lidar com algumas pessoas...

— O Jacaré?...

— Olha, por exemplo, o Jacaré. Muitos destes muadiés não têm formação política. Em Angola vivemos um processo semelhante, não foi? Em 75, quando o partido decidiu recrutar os lumpens, a bandidagem dos musseques, gente habituada a fazer tiros... Mas não eram militares, faltava-lhes disciplina... E a seguir, ainda por cima, para saldar a dívida, deram-lhes cargos de responsabilidade...

— Pareces o teu pai...

— O meu pai? O erro do meu pai, cota, aquilo que o perdeu, foi nunca ter sido capaz de passar das palavras aos atos. Democracia plena em Angola? Não, não, não penses nisso. Vai ficar tudo na mesma. Há batalhas que não adianta ganhar e outras que vale a pena perder.

— Como assim?

— Em Angola talvez seja possível derrubar o regime, mas não vai mudar nada. Aqui, ao contrário, podemos até perder esta batalha. Mas depois da nossa derrota, acredita, nada será como antes. Mesmo derrotados, teremos vencido

Glória, Frente Leste, noite

(ritos de passagem)

Euclides sai aturdido do Clube Francês. Ernesto espera-o, estendido de costas no passeio, uma garrafa de uísque servindo-lhe de almofada, as mãos cruzadas sobre o ventre. Nas últimas semanas tem trabalhado mais para ele do que para Francisco. Nestes dias tumultuosos já quase não circulam táxis nas ruas da Zona Sul, zona libertada para o Comando Negro, zona sequestrada para o governo, e é difícil encontrar um motorista com disponibilidade total e suficiente coragem, ou inconsciência, ou desprezo pela vida, para enfrentar qualquer trajeto.

– Eu gostava de ser negro –, diz o benguelense. Na sua voz melancólica pressente-se um arrebatamento que é nele pouco comum: – Sou sincero. Gostava de ser um Joe Louis, um Louis Armstrong. Um Leopold Senghor, um Aimé Cesaire. Gostava de ritmar, de dançar como um negro....

Atravessam devagar a cidade anoitecida. Ao longo da praia, de quando em quando, uma fogueira bruxuleia na escuridão. Sombras movem-se ao seu redor num bailado de espectros. São acampamentos dos soldados do morro. Nas esquinas das ruas o lixo acumulado desprende um fedor insuportável. À medida que se aproximam da linha da frente, na Glória – a Frente Leste como lhe chama Francisco Palmares –, surgem mais fogueiras, agora em pleno calçadão, e multiplicam-se os homens armados. Um grupo manda parar o carro. Apontam uma lanterna para o rosto de Ernesto:

– Onde tu tá pensando que vai?

Euclides mostra a carteira de jornalista. Estende-lhes uma nota de cinquenta reais. Seguem. Quinhentos metros à frente a estrada está cortada por pneus, rolos de arame farpado, uma cancela improvisada. Cinco ou seis carros aguardam na fila a vez para passar. Do lado de cá formou-se uma espécie de feira livre, com gente a assar frango em largas grelhas de ferro, a vender cachorro-quente e cerveja, a comer e a jogar cartas. Vários rapazes, quase todos com uma metralhadora ao colo, estão sentados no asfalto diante de uma televisão. O rugido do gerador que a alimenta cobre tudo como uma manta de pregos. Do outro lado, sob o sol fantástico de poderosos holofotes, resplendem dezenas de carrinhas da polícia, ambulâncias, quatro blindados. Euclides salta do carro. Sabe que embora a fila seja curta a negociação pode demorar. Ele chama àquilo os Ritos de Passagem. Dois soldados do morro discutem com um policial. Escassos metros os separam. Toda uma vida:

– Nós não somos o inimigo, não, malandro. Tu é bem pretinho, tu é um fodido, feito a gente...

– Calma aí! Sou negro mas não sou bandido, não. Trabalho duro. Não me meto em baderna.

Um outro policial, um tipo muito alto, rosto coberto por um capuz preto, apenas com uma estreita abertura para os olhos, aproxima-se do primeiro e segreda-lhe qualquer coisa ao ouvido. O soldado do Comando Negro provoca:

— Vai ser sempre o pau-mandado do branco? Se liga, mano, tu tá combatendo tua própria gente. Não ouviu o que o Weissmann anda dizendo? O cara quer mandar todos os crioulos para a África! O problema é como fazer isso. Somos muitos. Vai ter de encontrar um barco do tamanho do Brasil...

Ri com gosto. O policial encapuzado reage enraivecido. Grita com um forte sotaque gaúcho:

— Estás rindo do quê?! Vou aí e quebro a tua cara!...

Euclides repara que ele trata o soldado por tu, e além disso respeitando a gramática, como apenas se escuta em algumas cidades gaúchas. Dizem que Mateus Weissmann infiltrou oficiais da sua confiança na força policial que cerca a Zona Sul. Bartolomeu Catiavala surge nesse momento, vestido com o uniforme camuflado de general do exército angolano, e repreende o rapaz. O policial volta-se contra ele:

— E tu, por que não vais fazer a guerra no teu país? Quanto dinheiro esses marginais estão te pagando?

Catiavala enfrenta-o. Está ali tão firme, tão íntegro, que parece ter sido aparafusado ao chão. A sua voz sobrepõe-se límpida e sem esforço ao ronco do gerador. A bela voz de Nat King Cole, o claro sotaque coimbrão.

— Por que não tira essa máscara? Por que não mostra a cara? Então poderemos conversar. Assim como está parece um bandido.

Um grupo de policiais, na maioria igualmente encapuzados, junta-se aos dois primeiros e todos protestam, gritando e insultando o angolano. Os rapazes que viam televisão rodeiam Bartolomeu. Outros aproximam-se a correr. Euclides receia, por um momento, que possa acon-

tecer uma tragédia. Está-se nisto quando Jorge Velho surge das sombras.
— Calma! —, diz. — Vamos a ter um pouco de calma!
— Delegado?!
Os policiais olham-no espantados. Estranham vê-lo ali, no campo dos revoltosos, em meio aos soldados do tráfico. Estes, porém, não sabem quem ele é. Só Bartolomeu o reconhece:
— Doutor, você não devia estar aqui...
— Não me diga o que devo ou não devo fazer. Esta é a minha cidade. Ando por onde bem entendo...
— Jorge! —, chama um dos encapuzados. — Venha para este lado.
— Não! Já não sou policial. Sou um simples cidadão de Ipanema. Tenho a minha família aqui e não pretendo ir embora...
— Esses crioulos racistas sequestraram sua família?!
— Esses racistas, como você lhes chama, são gente desesperada. Podíamos ser todos de uma única raça. Um povo da raça Brasil. Os portugueses iniciaram este país, afinal, fazendo-se jantar pelos índios. Pode existir assimilação mais completa? E depois disso fomo-nos todos comendo uns aos outros — e eu acho lindo! Mas sabe o que aconteceu? Alguns de entre nós se descobriram negros porque não os deixam ser brasileiros. Eu não quero que isto se transforme numa guerra racial. Você quer?
— Ninguém quer, doutor. Ninguém quer...
— Então passe você para este lado! Passe para aqui. Venha. Bastam dois passos. Você, sim, sim, você mesmo, o lourinho, faça o mesmo. E você, o gaúcho, arranque a fantasia e junte-se a nós.

— O que é isso delegado?! Ficou maluco?...
Os policiais olham-no escandalizados. Os jovens soldados do tráfico riem e aplaudem. Jorge Velho encara com horror a uns e a outros, abana a cabeça, volta a desaparecer na escuridão. Euclides sai dali impressionado. Vai pensando em tudo aquilo, no carro, a caminho da Pensão Esperança. Ernesto suspira:
— O senhor conheceu Benguela antigamente? Eu agora vivo só de lembranças... Os passeios noturnos à Massangarala e ao Bairro Benfica. O Bairro Benfica ao luar. Tudo era bonito nesse tempo... Até o Salão Azul dos Cubanos e o Lanterna Vermelha, o *dancing* do Quioche. Sabe onde havia a melhor quissângua de Benguela? Era no Bairro por detrás do Caminho de Ferro, quando a gente ia na Escola da Liga... Fico pensando nos tamarineiros em flor... Morrendo apenas é que tudo acaba.

Rio de Janeiro, Edifício Apolo, apartamento de Pedro de Almeida

(sobre a localização exata do Morro da Barriga)

A cidade está cheia de jornalistas, nacionais e estrangeiros. Um deles é um português, João Falcão, que Euclides conheceu em Lisboa e de quem se tornou amigo. Um jovem muito baixinho, magrinho, com uma calvície temporã, e um perfil que honra o nome: nariz adunco e afilado, os olhos chamejando por detrás de uns óculos de aros pequenos e redondos. O português quer gravar uma entrevista com Pedro de Almeida. Seria possível? Euclides intercede a seu favor junto de Jararaca; este hesita, diz que não, diz que talvez, esquece-se do assunto, acaba por concordar. No dia combinado, um sábado, ele próprio os conduz ao apartamento do governador. Após a entrevista, que corre bem, sobem todos ao terraço para apreciar o panorama.

— Daqui consegue avistar-se o Morro da Barriga?

O português está curioso. Quer que lhe mostrem a localização precisa do lugar onde tudo começou. Jararaca faz um gesto largo, que abarca a cidade inteira, com todas as suas favelas, os seus altos prédios, os seus condomínios de luxo, as praias, os parques e os jardins, a floresta obs-cura, os rios, os lagos e as cachoeiras. Sorri triunfante:

— É exatamente aqui —, diz, — em toda a parte.

Rio de Janeiro, Rua do Jardim Botânico, duas horas da tarde, sob um grande sol de verão

(a delicada construção do caos)

Acontece como num sonho. O carro desliza sem ruído através da tarde imóvel. Parece a Euclides que estão parados e é a cidade que desfila diante deles – um filme mudo –, com as suas árvores absortas sob o formidável esplendor do sol, os prédios feios, de fachadas sujas, o Cristo Redentor, ao fundo, no alto da pedra imensa, os braços abertos – e de costas. Ele vai lendo, distraído, as placas nas lojas e restaurantes:

... " Padaria e Mercado..."

... "Amanhã mocotó com grão-de-bico"...

... "Grande Empório de Vitualhas"...

Pensa noutras tardes semelhantes àquela, no Huambo ou em Benguela, quando o tempo se aquieta e no silêncio vastíssimo, em meio à poeira vermelha, apenas se ouve, vindo de muito longe, o áspero motor de algum caminhão. Às vezes sofre com saudades de Angola. O país que amou, porém, talvez já nem exista mais. O velho Ernesto adivinha-lhe os pensamentos:

– Você não tem saudades dos nossos passarinhos, das flores da nossa terra? Eu lembro-me dos bicos-de-lacre cantando nas acácias. Penso muito, também, num pé de maracujá que plantei e cresceu e floriu. Juro por Deus que nunca vi coisa mais linda no mundo do que a flor violeta desse pé de maracujá. Lembro-me daquele tempo em que a gente fugia da cidade montados em bicicletas e ia pras pescarias ver as traineiras chegar. Ou então à horta do Lima Gordo, no Cavaco, comer amoras fresquinhas. Lembro-me de quando íamos jogar sueca debaixo das mandioqueiras. Era no tempo do visgo que a gente punha nas figueiras bravas para apanhar seripipis. Você teve uma infância assim? A beleza dessa época me assombra. Um dia, quando voltarmos — se voltarmos algum dia — haverá ainda acácias rubras florindo nos quintais?

A fúria espera-os numa esquina. Escutam primeiro um violento estilhaçar de vidros e veem logo a seguir a massa convulsa dos rapazes, ouvem os gritos de ódio, os tiros. Euclides repara no homem gordo ajoelhado no asfalto.

— Pare aqui!

Um adolescente alto e magro, de bermudas, uma camiseta com o rosto de Jacaré e o título do seu disco, *Preto de Nascença*, encosta uma pistola à nuca do gordo e dispara.

— Vamos! —, diz Ernesto. — Não podemos fazer nada.

Euclides espreita através da janela, ainda a tempo de ver os garotos pontapeando o corpo do comerciante. Outros saem de dentro da loja carregando caixas com legumes. Biscoitos. Latas de refrigerantes. O adolescente que parece comandar o assalto arranca uma pequena placa branca de um canteiro, no jardim do prédio em frente, e põe-se a dançar com ela.

Na placa está escrito a tinta negra:

"Cuidado — Veneno."

Debaixo destas palavras distingue-se o desenho de uma caveira com duas tíbias cruzadas. Euclides lembra-se de Luanda. Percebe que o sonho acabou. Instantes depois estão diante do prédio de Anastácia. Ele sobe e abraça-se à mulher. Mal consegue falar. Chora como uma criança.

Rio de Janeiro, Orla da Lagoa, apartamento da mulher a quem Francisco Palmares chama o Anjo Azul, noite

(até ao fim)

A pele dela, de tão translúcida, deixa ver as veias como rios à deriva sobre um chão luminoso. Francisco segue-as mansamente, com a ponta do dedo, descobre-lhes as origens. Nomeia-as:
— Cuanza... Jombo... Luando... Cunhinga...
A mulher ri-se. Assusta-a o mistério daquelas palavras:
— O que significa isso?
— Estou a cartografar-te. Esta é a costa angolana. Deste outro lado fica o Brasil. Aqui está agora o Japurá... o Negro... o Madeira... o São Manoel... o Xingu...
O Amazonas perde-se no bosque úmido do sexo. Francisco beija-lhe o sol azul que rodeia o umbigo; prova com a língua o sal daquela pele tão clara, e sente-lhe o tremor, a inquietação. A voz dela é rouca, hesitante:
— Nunca sei se você volta... Por que não fica para sempre comigo?... Por que não desiste de tudo e fica só assim, me abraçando, perto de mim...
Ele recita:
"Eu sou daqueles que vão até ao fim."
A frase é de Mário de Sá Carneiro em carta a Fernando Pessoa. Continua:
"Esta impossibilidade de renúncia eu acho-a bela artisticamente."

A mulher agarra-lhe a cabeça e empurra-a para baixo. Suspira:
— Às vezes você me lembra um ator, sabia? Parece que as falas não são suas. Ou pior: parece que se enganou nas falas. Agora, por exemplo, você devia ter dito que me ama. Diz — eu te amo...
— Eu te amo.
— Você tem de dizer essas coisas com mais convicção. Também tem de dizer que me acha gostosa...
— Acho-te lindíssima...
— Vai... Sou muito mais bonita do que isso...
Francisco olha-a em silêncio. Não é uma beleza pacificadora, a do Anjo Azul, como se espera, por exemplo, do fulgor de uma paisagem. Ao contrário: a perfeição daquele corpo inquieta e amargura. Os gestos, o fundo olhar azul, enchem de angústia tudo o que a cerca:
— Tenho medo de me apaixonar por ti.
A mulher salta da cama, passa para a sala, abre a larga janela de vidro que dá para a varanda. Francisco vê-a dali, nitidamente, um anjo azul. Pensa nas mulheres que dormiram sobre o seu peito e que não soube ou não quis amar. Fecha os olhos um instante. Quando os reabre ela está em pé diante dele.
— Não aguento isso. É melhor você não aparecer mais aqui.
— Está bem.
Francisco olha as mãos. As palmas claras, a linha da vida quebrada a um centímetro do pulso. Nunca soube o significado daquilo. Os dedos longos e afilados tremem um pouco. Uma vez, em Lisboa, uma cigana tentou ler-lhe o futuro. O que quer que tenha visto assustou-a. Fitou-o, perplexa, gritou para uma colega:

— Poças! Este gajo não existe!

Cheira-as. Cheiram a fumo, a pólvora. Cheiram a sangue. Lá fora há uma guerra a começar.

— Eles virão. — Diz. — Eles virão para matar os anjos.

Rio de Janeiro, Jardim Botânico, apartamento de Anastácia Hadock Lobo, noite

(a fluida matéria de que são feitos os sonhos)

Vê duas mulheres ajoelhadas na areia da praia. Estão inteiramente vestidas de branco – lenços cobrindo a cabeça, camisas de mangas tufadas, saias largas –, as silhuetas acesas como dois clarões contra um sombrio céu de tempestade. Têm os braços negros esticados e as palmas das mãos abertas numa prece muda. Euclides não consegue ver-lhes o rosto. Percebe que há qualquer coisa espetada na areia, diante delas... flores... hastes de uma gramínea... pequenas varas. Não, não sabe o que aquilo possa ser. Tenta aproximar-se. O vento, porém, empurra-o para trás. Uma das mulheres volta-se e ele reconhece o rosto miúdo, sulcado de pequenas rugas, de Dona Felicidade. A mãe olha-o apreensiva. Fala em umbundo:

– Filho, um leão, mesmo pequeno, não deixa de ser um leão.

Ouve gritos. Vira-se. Um rapaz de grandes olhos negros, chapéu de feltro na cabeça, encara-o com uma expressão gelada. Fala. Tem uma voz de velho, rouca e sibilante:

– Não há ninguém aqui...

Euclides sabe que aquilo não é real. Tomou o chá que Anastácia lhe preparou mas desta vez foi ele a pedi-lo.

Ansiava por sair dali, fugir, ir-se embora para onde nunca o conseguissem encontrar. Queria um conselho, um afago, queria escutar de novo a voz da sua mãe. O que ouve, porém, são gritos. Tiros. Compreende que o tumulto ocorre lá fora, isto é, no espaço exterior àquele em que se move. Faz um enorme esforço para abrir os olhos. Tenta levantar-se. Escuta a voz aflita de Anastácia:
— Volte, meu querido, volte agora.

O rapaz à sua frente transforma-se numa osga e logo a seguir num velho albino, de olhos tristes, com uma pele tão pálida que encandeia. O velho trepa pelas paredes, alcança o teto e deixa-se ficar pendurado lá em cima. Olha-o cheio de piedade. Murmura:
— Somos feitos da mesma matéria dos sonhos.

Anastácia grita:
— Temos de sair. Venha. Vamos tentar a porta dos fundos.

Euclides consegue sacudir a cabeça. Levanta-se. Acha que se levanta. A osga ri-se na parede à sua frente. Uma gargalhada áspera. Ele abre os olhos e vê Jacaré, em pé, na porta da cozinha que dá para as escadas, abraçado a uma metralhadora. Veste-se de preto, calças largas, tênis, uma camiseta com a inscrição "100 % Negro." Pende-lhe do pescoço, presa a uma espécie de coleira de prata com cristais azuis, uma enorme barata viva. Francisco Palmares tinha-lhe falado daquilo. Um estilista americano, Jared Gold, vende em Los Angeles pingentes de cristal Swarovski aos quais cola baratas gigantes de Madagascar. Os insetos resistem, assim aprisionados, cerca de ano e meio.

— As baratas são seres prodigiosos —, dissera-lhe Francisco, entusiasmado. — Nenhum homem vale uma barata.

Euclides distingue as antenas que se agitam. Os braços de alguém prestes a afogar-se, gritando, pedindo socorro. Dois garotos espreitam atrás de Jacaré. O homem pousa a arma numa cadeira, avança, afasta Euclides com um empurrão, agarra Anastácia pelo braço direito e torce-o, forçando-a a ajoelhar-se.

– Piranha! Quero ver tu implorar pela vida...

Esbofeteia-a com as costas da mão. Cospe-lhe no rosto:

– Agora Jararaca vai ter de me ouvir –, grita. Volta-se para os rapazes: – Peguem o gnomo e vamos! Rápido!...

Euclides sente que o agarram em peso e o arrastam pelas escadas abaixo. Desmaia.

Rio de Janeiro, Ipanema, Clube Francês, noite

(más notícias)

Jararaca pousa o telefone. Volta-se alucinado para Francisco Palmares.
— Jacaré sequestrou Anastácia...
Há mais de duas semanas que o *rapper* vem colocando problemas. Na última reunião da chefia do Comando Negro propôs exigir um resgate ao governo brasileiro; depois fugiriam. Os soldados que o acompanham têm cometido desacatos um pouco por toda a cidade: pilhagens, assaltos, espancamentos. Jararaca mandou fuzilar, faz uma semana, um grupo de seis rapazes acusados de estuprar uma jornalista francesa.
— Raptou Anastácia, o filho da puta?! E o que quer?
— Um milhão de dólares! Quer que eu exija ao governo um milhão de dólares e um avião que o leve até Havana...
— Onde é que ele está?...
— No Morro do Pavão, imagino... Por quê?
— Alguém tem de ir lá acabar com isso. A irresponsabilidade desse muadié pode deitar tudo a perder.
— Não, não. Vamos pensar melhor. E Anastácia?
— Alguma coisa tem de ser feita, porra! Você mesmo me disse que o governo está a perder a paciência. Weissmann quer entrar com a tropa...

— Eles também sequestraram Euclides...
— Euclides?!

Francisco Palmares senta-se numa cadeira, fecha os olhos, afunda a cabeça entre as mãos. O telefone toca e Jararaca atende. Fica pálido. Murmura alguma coisa. Tapa o bocal e segreda:

— É Pedro Bueno. Diz que há tiros na Glória...

Desliga. Explica que começou há minutos, na Frente Leste, um violento tiroteio entre a polícia e soldados do tráfico.

— Sujou, coronel, sujou feio. Bueno diz que o José Inácio autorizou o exército a avançar.

— Vou até lá. Pode ser mujimbo...

— Pode ser o quê?! Por que você não fala português asseado? Eu não entendo nada desses dialetos africanos, tá ligado?...

— Estou a dizer que pode ser boato. É melhor confirmar.

— Tá certo! Junta uns manos e depois me diz alguma coisa. Ah! E não mexe com o Jacaré, não, coronel. Fica quieto. Eu mesmo trato disso.

Ipanema, Associação de Moradores do Morro do Pavão / Mirante Sétimo Céu, Morro Dois Irmãos, madrugada de vinte de novembro

(a tempestade)

Aquele vento vinha descendo há dias desde o equador, ansioso, afogueado, fugindo da escuridão opressiva das grandes florestas tropicais. Deslizou sobre dorsos suados de índios, lentas canoas cruzando rios, borboletas borboleteando em redor de olhos sonhadores de jacarés. Passou depois, correndo, sobre as praias brancas do Ceará, as águas luminosas de Fernando de Noronha, e continuou a descer até chocar contra a extensa massa de ar frio, vinda do sul, dos gelos da Antárctica, e então penetrou nela, ascendendo em espiral, e à medida que subia foi arrefecendo, a umidade condensou-se e começou a chover. As primeiras bátegas caíram no mar, com força, já a noite carregava os peixes para a solidão dos abismos.

Serpentina, de sentinela à porta da Associação de Moradores do Morro do Pavão, sente no rosto a pancada fria e sorri. É como se lhe tivessem arejado a alma. Deram-lhe aquela alcunha porque requebra os quadris, ao andar, como uma serpentina lançada ao céu na euforia do carnaval.

– Você é mulher, mesmo?

Ele nunca soube o que responder à provocação. Sacode delicadamente as falsas tranças loiras, suspira:

– Tem dias...
Frequentou o Aterro do Flamengo, a Cinelândia, o banheiro da Central do Brasil. Houve um tempo em que tudo podia acontecer no banheiro da Central do Brasil. Serpentina suspira fundo. As bichas folgavam felizes na frente de todo mundo. Ele cheirava muito. Bebia até desmaiar. Foi Jacaré quem o salvou ao dar-lhe uma arma e um sentido para a vida. Serpentina revelou-se um soldado corajoso como poucos, cruel e inventivo, hábil com a faca, certeiro na pontaria e, além disso, fiel ao chefe. Toda a gente sabe, no morro, que está apaixonado por ele. O vento fustiga-lhe o rosto. Escuta os gemidos desesperados de Anastácia, os gritos de Jacaré, as ordens, os urros, e isso deixa-o nervoso. Despe a camiseta e entrega-se à chuva. Tem um tronco feminino, frágil, cuidadosamente depilado. Um clarão ilumina subitamente os caminhos de lama, a silhueta em fuga de um cachorro, os casebres debruçados sobre o espesso negrume da noite, e logo o ar estremece com o fragor do primeiro trovão. Serpentina esforça os ouvidos, não para escutar os gemidos que escapam lá de dentro, da sede da Associação de Moradores, ao contrário, para fugir deles. Procura desenredar cada som do surdo ribombar dos trovões. O choro do cachorro. O deslizar das águas. O estalar dos ferros e madeiras. Tiros. Serão tiros? Transpira. Arde de febre debaixo da chuva. Chora. Foi ele quem amarrou a mulher. Ele próprio a despiu e ofereceu, assim preparada, ao homem que ama. Agrada-lhe que sofra. Gostaria de a ver morta. Mas também deseja, estranhamente, estar no lugar dela. Imaginar isto deixa-o excitado. Despe a bermuda e fica nu. Pousa a arma no chão. Apoia-se com a mão esquerda à porta do barracão e com a outra procura o sexo. O telefone, fechado dentro de

um saco de plástico, no bolso da bermuda, vibra, num fino zumbido aflito, mas ele não o escuta. Também não ouve o tiro que lhe rouba a vida.

(o triste fim de Jacaré)

O morro move-se! Francisco Palmares tem a certeza de que o Morro Dois Irmãos desliza, empurrado pelo furor do temporal, e que as altas pedras, a lama, todas as árvores se vão em breve afundar na escuridão ululante do mar. Jararaca, ao seu lado, berra ordens que logo se perdem, arrastadas, também elas, pelas fortes rajadas de vento. Pajeú aproxima-se deles, debruça-se sobre o chefe e entrega-lhe um telemóvel. O outro atende. O que ouve parece alegrá-lo. Solta uma gargalhada feroz. Francisco estranha:
— O que aconteceu?!
— Mansidão pegou o Jacaré...
— E Anastácia?
— Está viva. Euclides também...
— É possível tirá-los de lá? Ficariam mais seguros no Morro da Barriga.
— Como?! A Frente Leste caiu! Você sabe, você mesmo veio de lá. Mansidão diz que a tropa já cercou o Pavão, o Pavãozinho, o Cantagalo, não dá saída...

Jararaca agarra-se ao telefone. Transformou-se. Os olhos faíscam de cólera. Caminha a passadas largas, empurrando os soldados, saltando sobre os caixotes de munições dispersos pelo chão. Com a mão livre dá fortes socos na balaustrada de madeira que protege o mirante. Grita instruções a Mansidão:

— Primeiro corta o cabelo desse macaco. Depois corta a orelha e dá pra ele comer...

Agora fala com Jacaré. Insulta-o. Berra como um possesso:

— Gostou? Vai comer a outra...

Fala de novo com Mansidão:

— Corta o pau. Corta os pés. Arranja um facão, porra! Qualquer coisa afiada, e corta os pés dele. Isso. Cortou? Quero ouvir ele gritar...

Francisco não pode mais. Afasta-se. Abraça-se a uma árvore e vomita. O sol emerge de repente por sob as nuvens baixas e ilumina a cidade com uma luz macia, vigorosa e úmida, um fulgor inaugural, semelhante ao que deve ter revelado a primeira manhã do mundo. Os prédios escorrem uma água verde. Parecem exaustos, perplexos, fantasmas dos prédios que foram. Também os jovens soldados do Comando Negro estão assim. Olham em silêncio a coluna de blindados que avança pesadamente, rasgando o asfalto, pela Avenida Vieira Souto.

Luanda, Cervejaria Biker, Outubro, um doce crepúsculo

(joga o cavalo, e ganha o jogo)

Se fosse uma peça de xadrez, pensa, gostaria de ser um cavalo. Joga, sozinho, sentado num canto do café. Volta e meia, por puro vício profissional, ergue os olhos do tabuleiro e espreita a rua. Sente-se mais protegido assim, de frente para a entrada. Não consegue dar as costas a uma porta sem ficar nervoso. Um cavalo salta sobre os obstá-culos. É imprevisível. Possui grande liberdade de movimentos. Não, claro, nunca foi um cavalo. Para toda a gente foi a vida inteira um peão, um simples peão, cumprindo ordens de um rei distante. Agora, no entanto, sente-se um cavalo. Joga. Roda o tabuleiro. Monte contra Monte. Em Luanda ninguém o procura para jogar. Trocam-lhe o nome – chamam-lhe Morte. Assim, simplesmente, o Morte. À sua volta, onde quer que esteja, forma-se uma redoma de silêncio. As pessoas passam por ele furtivas, sussurram, andam nos bicos dos pés. Inclusive os cães.

– A sério –, murmura. – Inclusive a porra dos cães!

Os cães não se atrevem a ladrar quando ele passa. Joga. Volta o tabuleiro. Também, que se fodam! Nunca gostou de cães.

– Nos bicos dos pés, os cabrões, eu vi!

Um dos empregados escuta-o, e logo acorre, solícito, numa larga vênia:

— Sim, meu chefe, vai outro café?

Monte hesita.

— Pode ser, camarada. Pode ser. E olha, e traz-me também um pastel de nata.

Voltaram a fazer pastéis de nata em Luanda, como na época colonial, e são bons. A cidade está cheia de cafés novos, pastelarias, bares, restaurantes, alguns instalados em edifícios modernos, de vidro e concreto, outros nos fatigados prédios da baixa, mas nenhum lhe agrada tanto quanto a velha Biker. Ali dentro, por algum motivo, sente-se mais vivo. Vivo! Antigamente não tinha plena consciência do milagre da vida. Deixava que os dias o levassem. Um graveto arrastado pelas águas do rio. Antigamente merecia o nome que hoje lhe dão – o Morto. Uns meses atrás, como dizia aquele tipo que foi médico do Velho, ele era realmente um matumbola. Agora acorda e vê o mundo com outros olhos:

— Foi como mudar de uma televisão preto e branco para outra a cores, e com cheiro.

Não estava nos seus planos continuar vivo muito tempo quando, depois de Palmares o ter libertado, regressou a Angola. Francisco, a propósito, virou um herói. O General Rufo inaugurou uma rua com o nome dele.

"As voltas que o mundo dá!..."

Monte deu em falar alto consigo próprio. Rufo não gosta dele. A primeira coisa que fez depois que tomou o poder num "golpe de estado democrático" (conforme o discurso oficial) foi despedi-lo.

— Não quero o Morto a rondar por aqui.

Afastou toda a gente ligada ao Velho. No Ministério fecharam-lhe as portas. Os seus antigos colaboradores deixaram de o cumprimentar. Alguns mudam de passeio se o encontram na rua. Outros baixam os olhos. Fazem de conta que são invisíveis.

— Caralho! As voltas que o mundo dá!

O empregado traz-lhe o café e o pastel de nata.

— É isso mesmo, meu chefe. Está muito certo. Por isso eu sempre lembro o que o meu pai dizia: o vento não quebra os ramos que sabem se curvar.

Um garçom filósofo! Ao menos fala com ele. Monte prova o pastel. Gosta de sentir a massa folhada a quebrar-se entre os dentes e depois a suave doçura do creme. A morte do Velho devolveu-lhe a vida. Há pessoas que morrem e ninguém se apercebe. Ele, ao contrário, voltou a viver mas todos o olham como se ainda estivesse morto. Não reparam que uns meses antes nunca se teria lembrado de pedir um pastel de nata. Está tão absorto, tão debruçado sobre si, tão espantado com a sua nova condição, as cores da vida e os seus cheiros, que, mesmo de frente para a porta, não a vê chegar:

— Acho-te mudado, camarada comissário... Ainda te posso chamar assim?... Sei lá, rejuvenesceste...

Monte levanta-se atrapalhado. Quase se engasga:

— És tu. Finalmente. Pensei que não viesses.

— Eu chego sempre atrasada. Faço questão...

Não a vê desde o funeral do Velho. Também ela lhe parece diferente. Maior. Os ombros mais largos. A beleza arrogante, que atemorizava tanta gente, temperada agora por uma sutil melancolia. Oferece-lhe uma cadeira:

— Senta-te, Princesa. Temos muito que conversar.

— Temos. Nunca conversamos muito, pois não?
— Não. Nunca simpatizaste comigo...
— Eu? Qual é, cota, querias beijinhos?! Ninguém simpatiza com os carrascos!
Florzinha carnívora. Florzinha cruel. Pequena flor cheia de espinhos. Monte olha-a com ternura. Nada do que ela diga o poderá ofender. Mostra-lhe um envelope.
— Sabes o que é isto?
— Não...
— Os papéis de Francisco. Os que estavam em casa do velho Feliciano Palmares. Ele disse-te onde os tinha escondido, mas nunca te explicou o que eram...
— Eram documentos que comprometiam o meu pai, não?! Eu sei lá, negócios...
Monte percebe que ela está tensa. Vai ficar pior:
— Não. Tens de te preparar porque é mais grave. O Francisco pediu-me que te entregasse estes papéis. Foi a última coisa que me pediu. Hesitei muito. Entretanto, ele foi-se, o Velho também e aqui na terra mudou tudo. O Rufo tomou o poder. Tu voltaste para Berlim. Enfim, acho que tens o direito de saber.
Florzinha arranca-lhe o envelope da mão. Parece furiosa. Monte, porém, sabe que é medo. Existem alguns bons atores — e ele conheceu vários — capazes de disfarçar a inquietação. Trazem o coração aos saltos mas o olhar permanece indiferente. Inútil. Com ele não vale a pena. O medo solta cheiro. O Grande Inquisidor aprendeu a cheirar as emoções. Nos interrogatórios fechava os olhos e calava-se. Ficava assim, de olhos fechados, um largo momento, cheirando a presa, e quando os reabria já sabia tudo, o que era verdade e o que era mentira. Ninguém conseguia iludi-lo.

Inclina-se para a frente e vê como a mulher se transforma enquanto lê os papéis. Os seus dedos ficam rígidos. O rosto endurece. Dentro em breve vai sentir-se gelada. Levantará a mão esquerda para proteger o pescoço. Começará a suar. O assombro. A pontada no peito. A raiva:
— Isto é verdade?!
— Sinto muito Princesa.
— Tu... Tu sabias?
Monte encolhe os ombros. Acontecia alguma coisa ali, naquele buraco estreito, que ele não soubesse? A mulher solta os papéis. Bate na mesa com a mão espalmada.
— O cabrão! O grande cabrão! Puta que o pariu!
Florzinha chora. Monte roda os olhos pelo café. As pessoas fingem que não reparam. Algumas levantam-se, pagam a conta no balcão, e saem. Sabem que ela já não tem poder algum. Há-de ser sempre, porém, a Primeira Filha. Dele sabem pouco. Muito pouco. Temem-no por pura intuição.
— Por que nunca ninguém me disse nada?
— E podíamos?
— Francisco podia...
— Francisco?! Francisco podia ainda menos do que nós. Era esse segredo que o protegia.
— Nunca desconfiei de nada. Nunca desconfiei...
Monte junta os papéis e volta a colocá-los no envelope. Pousa-o sobre a mesa. Suspira:
— O que faço com isto?
Isto era a vida da mãe dela. Ou melhor – a sua morte. Os relatórios minuciosos, tão cruéis, tão cruelmente ingénuos, dos dois agentes especiais que a surpreenderam enquanto pintava o mar, na Praia dos Veados, e a violaram

e degolaram, levando-lhe depois o relógio e a carteira, para que a todos parecesse um simples crime sem história.
— Era uma mulher de ideais, a tua mãe. Uma comunista! Nunca quis proteção. Achava que o povo a protegeria. Mas com o tempo tornou-se incômoda. Sabia muita coisa e não aceitava as mudanças. Além disso morria de ciúmes das namoradas do Velho. Infernizava-lhe a vida. Mais tarde ou mais cedo abriria a boca.
— Portanto não havia outra solução?
Monte sabe que aquilo que vai dizer o prejudicará. Mas não pedirá perdão. Não baixará os olhos. Matou o rei. Ajustou as contas com o passado. É um cavalo e está livre. Acende um cigarro. Promete a si próprio deixar de fumar. Já deixou de fumar centenas de vezes. Antes, porém, faltava-lhe uma boa razão. Agora tem uma — quer viver.
— Não havia não, Princesa. Lamento muito.
Lamenta muito. Não sabe se, de fato, lamenta alguma coisa. Vê a mulher agarrar o envelope (os dedos trêmulos) e levantar-se. Vê-a sair para a rua, para a noite que cai brutal sobre a cidade, uma pequena flor já murcha. Apaga o cigarro. Esmaga-o com fúria no cinzeiro. Não, não voltará a fumar.

Budapeste, Hotel Gellert, manhã de inverno

(depois da fuga, a neve: imensidão)

Euclides fecha os olhos. Assim, de olhos fechados, o ruído aumenta. O rumor da água repercute de encontro à abóbada alta e cai depois, mais largo e sonoro, misturado ao vago tagarelar dos banhistas em redor. Sente que o seu corpo se dilui, pouco a pouco, como um torrão de açúcar (mascavo) numa taça de chá. Sentado a um canto da piscina, apenas com a cabeça fora da água, poderia passar por um homem de estatura normal. Sentado, afinal, está ao nível dos outros – é quando se põe em pé que fica mais baixo. Muito mais baixo. Apesar disso, e mesmo de olhos fechados, sabe que continua a ser o centro das atenções. *Fekete*. Parece-lhe que a palavra corre de um lado para o outro, fazendo ricochete, ora hostil, ora atônita, ora ciciada – *Fekete, feeekeeete, feekeeeteeee* –, multiplicando-se, vibrando, esmorecendo, para finalmente submergir na mornança geral. Ele sabe o que significa: preto. Negro. Grunho. Bumbo. Conhece a palavra em diversas línguas: *swart, sort, zwart, schwartz, musta, nègre, prieto, burakku*. Abre os olhos, gira-os devagar pelas paredes de um azul ultramarino, decoradas com desenhos elegantes de plantas e de rostos, ao estilo *Art Déco*, pousa-os nos homens gordos, muito pálidos, macilentos, sentados nas escadarias à sua frente, uns inteiramente nus, outros com um pequeno

avental de um branco sujo atado à cintura. Lembram-lhe hipopótamos melancólicos flutuando num charco. Não, nunca viu hipopótamos, a não ser no jardim zoológico. Os europeus acham isto estranho. Estão convencidos de que em África os hipopótamos, os leões, os elefantes, estão por toda a parte. Euclides sorri. Um velhote sentado alguns metros à frente, sob a água que jorra, a escaldar, da pequena fonte, retribui-lhe o sorriso. A fonte é encimada por uma escultura representando dois meninos, um casal, cavalgando uma enorme tartaruga. O jornalista estuda com atenção as duas figuras: em lugar de pés humanos, com cinco dedos bem desenhados, ambas as criaturas exibem compridas e achatadas patas de rã. Olha-as agora com mais simpatia. São como ele – equívocos. Salta do banco e nada até à escadaria. Paciência. Certos erros podem ser mais belos do que a vida. Calça umas sandálias de borracha, veste um velho roupão de seda, com o desenho de um dragão cuspindo fogo, atravessa devagar o salão dos duches, passa pela área das massagens, pelos gabinetes com camas estreitas, onde se pode dormir a sesta depois dos banhos, sentindo que atrás de si se suspendem as conversas. Um homem imenso, musculoso, com um bigode ainda mais farto do que o seu, abre-lhe a porta que dá para a piscina principal.
 É como um nascimento.
 Uma claridade suave, dourada, derrama-se através dos vitrais da cúpula, lá em cima, desliza pelas altas colunas de mármore, refulge na água. A piscina principal é mista. Homens e mulheres, quase todos muito idosos, avançam em lentas braçadas, sempre às voltas, na direção contrária aos ponteiros do relógio. Há setas, nas paredes da piscina, indicando a direção a seguir. Euclides coloca uma touca,

óculos de mergulho, e junta-se à procissão. Nada durante meia hora. Lança, ao sair, um olhar rápido através da grande janela que dá para o *hall* e detém-se aturdido. Viu passar – foi o que lhe pareceu – um cachorrinho castanho, um animal mutilado, sem os membros traseiros, o tronco preso a uma pequena plataforma com rodas. Senta-se numa cadeira. Conhece aquele cão. Conhece-o. Tem a certeza de que já o viu antes. E então vem-lhe à memória um tropel de imagens: Jesus Cristo abraçando o Rio de Janeiro. Um homem gordo, tostando ao sol, nas ondas de pedra portuguesa do calçadão de Ipanema, defronte ao Clube Francês. O lixo, aos montes, na Avenida Atlântica. Jacaré violando Anastácia. Luís Mansidão cortando com uma tesoura de podar as orelhas de Jacaré. Os soldados entrando de rompante, gritando ordens, disparando, trêmulos de medo e de cansaço. O sangue no asfalto. A lama no asfalto. O sangue e a lama. Sacode a cabeça, incomodado. O que faz ali o pobre cachorro? Ainda está sentado quando a vê: caminha sorrindo para ele, vestida com um minúsculo biquíni negro, que mais exalta do que oculta a brancura e as formas do seu corpo esguio.

– Achei você!

Toda ela é triunfo (e leia-se aqui a palavra com o sentido que tinha na origem – triunfo: entrada solene e aparatosa dos generais vitoriosos na Roma antiga). É nisto que pensa Euclides enquanto a vê avançar. Um general caminhando, indiferente ao escândalo da própria glória, fazendo seu o chão que pisa.

– Como me encontraste?

– Você me mandou um postal, está lembrado? Recebi o postal há três dias. Então comprei uma passagem e vim. Tinha a certeza de que encontraria você dentro da água. Fui primeiro aos Banhos Rudas, depois aos Lukács, depois aos Király e finalmente lembrei-me do Hotel Gellert. Esta cidade é um paraíso para quem, como você, gosta de piscinas.

A cadelinha espera-os no *hall*. Anastácia apresenta-a:
— O meu novo amor, não é fofa?...

Euclides diz que se lembra do bicho. Viu-o uma vez ao lado de um homem gordo, em Ipanema.

— Como foi que ficaste com ela?

— Encontrei-a à porta do meu prédio. A pobrezinha passava o dia inteiro ali, uivando, chorando que fazia dó. Acho que foi abandonada. Tinha o nome na coleira: Maria Bonita.

Falam do Brasil. Anastácia diz-lhe que trabalhou na campanha para a eleição de Bárbara Velho. Olha-o entusiasmada:

— Você viu os resultados?!

Euclides viu. Seguiu as eleições pela televisão. Bárbara Velho vai disputar o segundo turno contra um candidato conservador. Surge à frente em todas as sondagens. O Brasil mudou muito nos últimos dois anos. O fim sangrento do Comando Negro chamou a atenção do mundo. O General Weissmann foi afastado e passou à reforma. O Presidente José Inácio demitiu-se. Uma revolução!

— Sabes que nunca encontraram o corpo de Jararaca?

Euclides sabe. O governo não foi capaz de confirmar a morte de Jararaca. Falta o cadáver. Um cadáver, nestes casos, faz imensa falta. Um cineasta amador filmou-o, numa manhã de nevoeiro, a beber um suco de acerola na Feira de Caruaru (no filme vê-se um homem de costas; podia ser ele, podia ser qualquer pessoa). Um polícia jura que o encontrou, que conversaram demoradamente, há poucos meses, num acampamento dos Sem-Terra, no Espírito Santo. Um grupo de seringueiros tem a certeza de que o viu, sublevando índios, numa aldeia do Alto Xingu. Anastácia ri:

— Está virando folclore...

Um riso magoado. Euclides sabe o que ela quer dizer. Folclore: mula sem cabeça, caipora, saci-pererê. A mulher passa os dedos pelos cabelos, pelos olhos, e força-se a sorrir. Quer saber se o jornalista está alojado ali mesmo, no Hotel Gellert. Euclides abana a cabeça:

— Não. É caro e o serviço deixa a desejar. Achei os quartos sujos. O principal restaurante não funciona durante o inverno. A grande piscina no terraço também não. Vigora ainda uma espécie de desleixo socialista, sabes? Como eu conheci em Angola, noutros tempos, quando nada era de ninguém e portanto ninguém se preocupava com nada. Fiquei aqui dois dias e depois mudei-me para uma pousada muito simples, em Peste. Mas continuo a frequentar as piscinas.

Fica em silêncio por alguns segundos:

— Ou melhor, mudamo-nos...

— Mudaram-se?! Não estás sozinho?...

— Não. Vim com um amigo. Na verdade, estou a viver com ele, em Lisboa.

— Jura?! Fico contente por você.

— Creio que tu o conheceste no Rio, pouco antes dos confrontos, um jornalista português chamado João Falcão. Ele disse-me que te conheceu.

Anastácia não se lembra. Há muita coisa de que não consegue recordar-se. Euclides repara pela primeira vez nas pequenas rugas nos cantos dos olhos dela. Repara também nos cabelos brancos, tão tristes! Dispersos em meio à forte cabeleira negra. Ela continua intensa e gloriosa, sim, um general em triunfo, mas por vezes a voz perde o brilho, tem momentos de ausência, há uma espécie de cansaço, ou de desengano, na forma como fala do futuro. Sentam-se no café do hotel, frente à janela, vendo a neve cair lá fora. Anastácia debruça-se sobre a mesa e pousa a mão na dele. Euclides estremece. O que pensarão os outros clientes? Ela está-se nas tintas para o que pensam os outros. Sorri tristemente:

— Não há finais felizes, amigo. *"La vida es muy bonita pero al fin siempre se acaba."*

É um verso de um velho bolero cubano que uma tarde, depois do almoço, Francisco Palmares cantou no apartamento dela, no Jardim Botânico, acompanhado por Jararaca ao violão. O jornalista concorda:

— Tens razão —, diz. — Não há finais felizes, mas há finais que anunciam tempos melhores.

O princípio, como se fosse o fim

Rio de Janeiro, Morro da Barriga, vinte de novembro, dezesseis horas e vinte minutos

Jorge Velho contempla o abismo. Está muito pálido. Exausto. Tem lágrimas nos olhos.
— Sabe do que vou ter mais saudades?
Francisco olha-o com simpatia:
— Do quê?
— Do grito da cuíca... das batucadas em caixinhas de fósforo...
— Lá em cima tem.
— Você acha?
— Claro! Não é o céu?
— E rabada com agrião?
— Tudo. Inclusive escolas de samba...
Os helicópteros surgem, rodeando o morro, como negros marimbondos enfurecidos. Alguém ligou a aparelhagem da igreja e os dois poderosos alto-falantes, colocados na torre, junto ao sino, inundam a praça de música. A voz de Martinho da Vila sobrepõe-se ao potente matraquear dos motores:

"*Zumbi , Zumbi,*
Zumbi dos Palmares, Zumbi,
Não morreu porque mais do que gente, ele era ideais
e os grandes ideais não morrem jamais.
Rei Zumbi, Rei Zumbi,

e então surgiram aos milhares por esses brasis,
quilombos, mocambos, Palmares, novos zumbis,
que até hoje norteiam
cabeças pensantes
pregando a miscigenação
de um povo que dança, que canta e proclama,
Zumbi: eis a tua nação."

Francisco Palmares sorri largamente. Respira fundo o ar iluminado, o perfume embriagante da terra molhada, o cheiro áspero de pólvora e de sangue. Está feliz:
— Vamos! –, grita ao ouvido de Jorge Velho. – A morte é uma bela aventura.
— Peter Pan! Não era o Peter Pan que dizia isso?
— Acho que sim, devia ser. Ele voava, lembra-se? Eu sempre quis seguir o Peter Pan.

Berlim, 21 de janeiro de 2002.

Agradecimentos

Este livro foi escrito em Berlim, entre janeiro de 2001 e janeiro de 2002, graças a uma bolsa de criação literária da *Deutscher Akademischer Austauschdienst*. Muitos amigos me apoiaram, partilhando comigo as suas memórias, aconselhando-me livros e lugares, debatendo ideias, dando-me abrigo. Entre eles não posso esquecer Kelly Cristina Araújo, em São Paulo; Adão Pinheiro, no Recife; Verônica D´Orey, Gisela Zincone, Hermano Vianna, Luís Filipe Castro Mendes, Margarida Barahona, Celso Athayde e MV Bill, no Rio de Janeiro; Carlos Morgado, Xavier de Figueiredo e Hugo de Miranda, em Lisboa; Manuel da Silva Lemos, em Bruxelas; Maria Isabel, Roberto Abdenur, Alex Flemming, Bárbara Richter e Inês Koebel, em Berlim. Ray-Güde Mertin, em Bad Homburg.

Dorinda Agualusa e Noelma Viegas d´Abreu ajudaram-me a rever e fixar o texto.

§

Todas as falas de Ernesto, o motorista, são versos do poeta angolano Ernesto Lara Filho. Outros poetas me acompanharam ao longo desta viagem: Lídia do Carmo Ferreira, Aldir Blanc, Ruy Knopfly, Antônio Risério, Olavo Bilac, Noel Rosa, Lya Luft, Ferreira Gullar e Nuno Júdice.

Impresso na Rotaplan Gráfica e Editora LTDA
www.rotaplangrafica.com.br
Tel.: 21-2201-1444